Directora de la colección:
Mª José Gómez-Navarro

Equipo editorial:
Violante Krahe
Juan Nieto
Lupe Rodríguez

Dirección de arte:
Departamento de imagen y diseño GELV

Diseño de la colección:
Manuel Estrada

El 0,7% de la venta de este libro se destina a la construcción de la escuela que la ONG Solidaridad, Educación, Desarrollo (SED) gestiona en San Julián (El Salvador).

2ª edición, 29ª impresión, julio 2005

© Del texto: Alfredo Gómez Cerdá
© De las ilustraciones: Jordi Vila Delclòs
© De esta edición: Editorial Luis Vives, 1988
   Carretera de Madrid, km. 315,700
   50012 Zaragoza
   Teléfono: 913 344 883
   www.edelvives.es

ISBN: 84-263-4838-6
Depósito legal: Z. 2036-05

Talleres Gráficos Edelvives (50012 Zaragoza)
Certificados ISO 9001
Printed in Spain

FICHA PARA BIBLIOTECAS

GÓMEZ CERDÁ, Alfredo (1951-)
   Un amigo en la selva / Alfredo Gómez Cerdá ; ilustraciones,
Jordi Vila Delclòs. – 2ª ed., 29ª reimp. – Zaragoza : Edelvives, 2005
   190 p. : il. ; 20 cm. – (Ala Delta. Serie verde ; 7)
   ISBN 84-263-4838-6
   1. Guinea Ecuatorial. 2. Selvas. 3. Amistad. 4. Aventuras. I. Vila
Delclòs, Jordi, il. II. Título. III. Serie.
   087.5:821.134.2-31"19"

ALA DELTA

EDELVIVES

Un amigo en la selva

Alfredo Gómez Cerdá

Ilustraciones
Jordi Vila Delclòs

A Mabel, Cristi y Jorge,
a los que siempre recordaré sobre
una alfombra llena de trastos.

1

MALAS NOTICIAS

Nico volvió la cabeza. ¡Qué maravilla! La tarde aparecía radiante, primaveral, al otro lado de los cristales manchados de ese polvo blanco que soltaban los cepillos cuando don Amadeo, el viejo profesor de Física y Química, los sacudía en el alféizar de la ventana después de borrar el encerado.

Suspiró un par de veces e hizo un último esfuerzo por seguir las explicaciones del profesor. Era inútil. Sus dedos jugueteaban ahora con un pedazo de papel, lo doblaban y lo desdoblaban una y otra vez. Marga, la compañera de pupitre de Nico, se volvió hacia él con gesto huraño.

—¿Pero quieres estarte quieto de una vez? —le dijo en voz baja.

—Mira por la ventana —replicó Nico.

—¿Qué pasa? No veo nada de particular.

—¿Te imaginas lo bien que se debe de estar en el parque a estas horas?

Marga le hizo un gesto de esos que más o menos quieren decir «tú no estás bien de la cabeza», y volvió a concentrarse en las explicaciones. Nico suspiró de nuevo y no pudo reprimir un bostezo monumental; su boca se abrió de par en par y se le pudo ver hasta la campanilla.

—¡Nicolás Robles! —gritó de pronto don Amadeo, quitándose de golpe sus pequeñas gafas y clavando la mirada en el muchacho.

—Sí... profesor —respondió Nico titubeando.

—¿No le da a usted vergüenza bostezar de esa manera en clase?

Estaba perdido, tendría que soportar con resiganación la reprimenda del profesor, que encima tenía más razón que un santo. Bajó la cabeza y se dispuso a capear el vendaval.

Sin embargo, en ese preciso instante, un sonido de lo más familiar vino a devolverle la esperanza. ¡Era el timbre de salida! Jamás lo había oído con tanta alegría. ¡Por fin! Parecía que ese momento no iba a llegar jamás.

—Está bien... —don Amadeo volvió a ponerse sus gafas—. Espero que otro día preste más atención, señor Robles.

—Sí, profesor.

—Pueden salir.

Como movidos por un mismo resorte, todos los chicos y chicas de la clase se pusieron en pie, recogieron sus libros y cuadernos y comenzaron a salir atropelladamente, empujándose y gastándose bromas.

Salieron del aula y recorrieron el largo pasillo que conducía al vestíbulo principal. Al llegar allí, en vez de salir a la calle, bordearon el cuarto del conserje y se introdujeron por un nuevo pasillo más estrecho, bajaron dos tramos de escaleras, empujaron una puerta de vaivén y se plantaron en el gimnasio.

Julio, el dinámico profesor de kárate, había decidido enfrentar a sus dos alumnos más aventajados. La pelea, claro, sería amistosa y siempre controlada por él; pero a pesar de todo, el hecho había despertado una tremenda expectación entre los chicos de las clases de kárate.

—¡Hola, Nico! —le saludó un muchacho robusto y alto, lanzándole a modo de broma una patada espectacular.

—¡Hola, Carlos! —respondió Nico, esquivando sin dificultad la pierna del compañero.

—Creíamos que te habías rajado.

—¿Yo? ¿Rajarme yo?

De buena gana hubiese comenzado la pelea en ese instante para darle su merecido al bocazas de Carlos. Pero el profesor intervino resolutivo.

—¡Vamos! ¡Al vestuario! Dentro de cinco minutos os quiero ver con el quimono puesto.

Los dos muchachos cruzaron una mirada amenazante y se dirigieron al vestuario observándose con disimulo. Marga corrió junto a un grupo de compañeros, que se colocaban en uno de los laterales, para no perderse detalle del combate.

Nico y Carlos eran, sin duda, los dos mejores karatecas del colegio. Julio estaba orgulloso de ellos y tenía grandes planes para el futuro. Había decidido enfrentarlos por vez primera porque quería verlos desenvolverse en esa situación, ya que sabía que entre ellos existía un tremendo pique, fomentado por sus propios compañeros, que disfrutaban de esa manera. Por supuesto, no iba a consentir que se hiciesen daño, que para algo él mismo iba a hacer de árbitro. Si observaba falta de deportividad o exceso de dureza, cortaría el combate por lo sano.

Cuando Nico y Carlos salieron del vestuario, la chiquillería que se amontonaba por los laterales del gimnasio —había quien incluso permanecía colgado de las espalderas para no perderse detalle— prorrumpió en aplausos y gritos. Y es que para dar mayor interés a la pelea se habían formado dos grupos, o hinchadas. Unos apoyaban a Nico, y otros, a Carlos. Julio tuvo que levantar la voz para que pudiesen oírle los contendientes.

—Tened presentes en todo momento mis consejos e indicaciones. ¿Entendido?

—Sí —respondieron a dúo los muchachos.

—Adelante.

Los dos se colocaron en el centro de la tarima en forma de cuadrilátero. Se saludaron cortésmente, inclinando sus torsos hacia adelante, y comenzaron la lucha entre el griterío de los demás muchachos.

Ninguno se atrevía a atacar con decisión al contrario, más bien daba la sensación de que se estaban estudiando, tanteándose mutuamente con una serie de amagos de manos y pies. Julio daba vueltas constantemente a su alrededor, sin perderse detalle alguno de los movimientos de sus alumnos.

—¡Vamos! ¡Más decisión!

Por lo menos pasó un minuto sin que ninguno de los dos se decidiese, pero el primer golpe certero con el que Nico alcanzó a Carlos sirvió de detonante y el combate alcanzó en pocos segundos una espectacularidad enorme. Los nombres de Nico y de Carlos, jaleados por sus partidarios, se confundían en un ruido ininteligible, potenciado por la resonancia del gimnasio.

—¡Sólo marcar los golpes!—gritaba Julio—. ¡Sólo marcar los golpes!

El profesor, ante el ardor que mostraban los muchachos, tomó algunas precauciones y en los momentos decisivos intervenía directamente para separarlos, al tiempo que les gritaba sus consejos.

Cuando la pelea parecía alcanzar su punto culminante, una visita inesperada cambió súbitamente los acontecimientos. El director del colegio había atravesado la puerta de vaivén y hacía señas a Julio.

—¡Don Julio! ¡Eh! ¡Don Julio!

Julio se percató de la presencia del director, detuvo de inmediato la pelea y se dirigió hacia él. Jadeantes, Nico y Carlos quedaron mirándose frente a frente. Por un momento cesó la animación entre los espectadores y el silencio fue total. Todos estaban pendientes de la conversación que mantenían en voz baja el director y Julio. Algo muy grave debía de estar diciéndole el director, ya que Julio se había quedado muy serio y preocupado.

¿Qué estaría pasando? Era una pregunta que todos se hacían y ninguno sabía responder. Julio se volvió a la tarima, cogió una toalla y se la entregó a Nico.

—Toma, sécate un poco el sudor y acompaña al director.

—¿Qué ocurre?

—Él te lo explicará. Anda, ve con él.

Julio le cogió cariñosamente por el hombro y le dio unas palmaditas.

Nico miró a Julio y pudo adivinar un gesto de preocupación en su semblante. ¿Qué había pasado? ¿Por qué tenía que acompañar al director? ¿Por qué cortar tan bruscamente el entrenamiento de kárate? De pronto, Nico tuvo un negro presentimiento. En su mente aparecieron las figuras de sus padres, que habían partido hacía siete días con rumbo a Guinea Ecuatorial. Su padre, el doctor Daniel Robles, investigaba la evolución de algunas enfermedades endémicas de ciertas tribus africanas. Esta vez había ido con él María, su esposa. El propio Nico les hubiese acompañado de no ser por el colegio; a esas alturas del curso no era conveniente perder diez días de clase. Además, como el colegio tenía internado, Nico podría quedarse tranquilamente en él. ¿Qué estaría pasando? ¿Por qué de repente había comenzado a pensar en sus padres con temor? Hizo un gran esfuerzo y apartó de su mente los negros pensamientos que le asaltaban.

Junto al director, quien curiosamente también le había pasado su brazo por los hombros de manera amistosa, recorrió largos pasillos en silencio. Llegaron a la amplia sala de distribución y el director se adelantó un poco para abrir la puerta de su despacho.

—Pasa, Nicolás.

El muchacho entró seguido del director, quien cerró la puerta tras de sí. Un hombre, elegantemente vestido, se incorporó al verlos. Su mirada quedó clavada en Nico.

—¿Eres tú Nicolás Robles? —le preguntó.

—Sí.

Luego, aquel hombre cruzó una rápida mirada con el director.

—Verás, Nicolás —continuó el director—, este señor es funcionario del Ministerio de Asuntos Exteriores. Él ha estado hablando conmigo y...

El director titubeaba. Los pensamientos de Nico volvían a su mente. Mil ideas se agolpaban a la vez y la confusión era tremenda. «¡Ya está bien!», pensó. Había llegado el momento de desentrañar aquel misterio.

—¿Qué ha ocurrido? —preguntó Nico con impaciencia.

—En el Ministerio hemos recibido noticias de Malabo, la capital de Guinea —dijo el funcionario.

A Nico le dio un vuelco el corazón.

—¡Mis padres! —gritó—. ¿Qué les ha pasado?

—Sabemos que partieron de Malabo con un tal Charles, un guía francés, y dos nativos. Salieron en

un helicóptero. Ayer recibimos una comunicación de nuestra embajada; se nos informaba de que había sido encontrado el aparato destrozado, y junto a él... Charles y los dos nativos... asesinados.

—¿Y mis padres? —imploró Nico, que sentía una opresión extraña en el pecho que casi ahogaba sus palabras.

—Lo único que sabemos es que han desaparecido.

—¿Muertos?

—Sus cuerpos no han sido encontrados, y eso que la policía rastreó toda la zona.

—¿Quiere decir que...?

—No debes perder la esperanza, muchacho. Lo que ha ocurrido es... extraño, terrible; pero... ten confianza. Haremos cuanto esté en nuestras manos.

A pesar de que Nico había hecho un gran esfuerzo, al final no pudo contenerse. Se llevó las manos al rostro y comenzó a llorar. Apesadumbrado, el director se acercó a él y le consoló como mejor pudo.

2

LA FUGA

Desde que recibió aquellas terribles noticias en el despacho del director del colegio, Nico tenía la sensación de que el mundo había dejado de ser lo que era. Todo había cambiado de golpe. Las cosas aparecían ante él como siempre, pero las contemplaba desde muy lejos, enajenado, triste. En vano Marga, su mejor amiga, trataba de animarle. Ella había conseguido sacarle de su habitación y, tras mucho insistir, se lo había llevado a dar un paseo por el parque cercano.

—Qué tarde tan bonita, ¿verdad?

—Psss.

—No digas eso. Recuerda que ayer estabas encantado con la primavera y con...

—Pero hoy todo ha cambiado.

—Anímate, Nico. Piensa que tus padres pueden estar vivos. Tal vez se hayan perdido, tal vez estén...

—Eso es lo malo: no saberlo con seguridad.

—Ten paciencia.

—¡No puedo tenerla!

Caminaron unos minutos en silencio, cabizbajos, bajo el sol agradable de una tarde de primavera que realmente era espléndida, pero que ninguno de los dos estaba en disposición de apreciar. De pronto, Nico se detuvo en seco, miró a Marga de una forma extraña y dijo:

—Tengo que ir a Guinea Ecuatorial.

—¿Cómo vas a poder tú...?

—¡Tengo que irme! ¡No puedo vivir ignorando qué les ha sucedido a mis padres!

—Pero... es una locura, Nico.

—¡Tengo que ir! —repetía una y otra vez.

Marga se veía impotente para convencer a su amigo y procuraba buscar razones que le hiciesen cambiar de opinión.

—Supónte que vas. Llegas allí... ¿y qué haces? ¿Empiezas a preguntar a todo el mundo que si han visto a tus padres? ¿Te internas tú solo en la selva para buscarlos? Es una locura, Nico. Supongo que la policía, nuestra embajada... no sé, alguien los estará buscando.

—Y mientras, yo, cruzado de brazos.

—Tal vez mañana lleguen noticias, o pasado.

Marga sabía que era inútil; sus palabras jamás consolarían a Nico. Deseaba ayudarle con todo su corazón. Pero ¿cómo lograrlo? Volvieron a caminar un buen rato en silencio. La muchacha le miraba disimuladamente de reojo. Se le acercó un poco, de forma que los dorsos de sus manos se rozaban al andar. Aunque le daba un poco de vergüenza, le cogió una mano y se la apretó entre las suyas.

—Anímate. Por favor, anímate —le dijo.

Nico se detuvo y se volvió a Marga, la miró largo rato, como cerciorándose de algo muy importante. Luego, lleno de seguridad, dijo:

—Marga, eres mi mejor amiga. Tú serás la única que sabrá lo que voy a hacer. Es más, tendrás que ayudarme. ¿Estás dispuesta a ello?

Nico había empezado a hablar con tanta seguridad que Marga se había quedado un poco confusa. Tuvo la sensación de que ya no sabría oponerse a la voluntad de Nico. Cuando hablaba de aquella manera, la envolvía por completo y la convencía al instante.

—¿Estás dispuesta a ayudarme? —repitió Nico.

—Sí —respondió Marga como un autómata.

—Lo primero que debemos hacer —prosiguió— es conseguir las llaves de mi casa.

—¿Dónde están?

—En el despacho del director.

—¿Se las pediremos?

—No; mientras yo le distraigo, tú se las quitarás. Están en uno de los cajones de su mesa. Es un llavero de plata con el nombre de mi padre...

—¿Cómo voy a quitárselas? Te has vuelto loco.

—¿Ya vas a volverte atrás?

—No, pero...

Nico explicó detalladamente su plan a Marga, mientras se dirigían al colegio.

—¿Qué te parece?

—Mal. ¿No hay otra forma?

—No; es la única posibilidad.

Él había recordado una conversación telefónica de su padre con el comandante Álvarez, que semanalmente hacía el vuelo Madrid-Malabo. Recordaba perfectamente cómo su padre le había contado que harían el viaje en el avión de su amigo Álvarez, con quien había ya volado en varias ocasiones. Recordaba que ese avión salía todos los viernes del aeropuerto de Barajas. ¡Los viernes! Como era jueves, tendría que darse mucha prisa.

Llegaron al colegio. Cuando subían el pequeño tramo de escaleras que conducía a la puerta principal, Marga se detuvo. De pronto cayó en la cuenta de que lo que iban a hacer era muy arriesgado. Podía costarles a ambos un serio disgusto.

—Espera, Nico —dijo—. No sé si debemos hacer esto. ¿No habría otra solución?

—No la hay, Marga. Tienes que ayudarme. Sin ti no podré conseguirlo.

—Es que... me da miedo.

—A estas horas no habrá nadie. Los alumnos y los profesores se han marchado y los internos estarán en sus cuartos estudiando.

Entraron en el colegio. Corrieron de puntillas y llegaron a la gran sala de distribución. Se escondieron unos instantes tras una de las columnas y observaron detenidamente el lugar.

—No hay peligro, Marga.

—¿Estás seguro?

—Completamente. Recuerda lo planeado.

—Descuida.

Marga respiró profundamente un par de veces, miró a un lado y a otro, y sin hacer ruido atravesó la sala y se introdujo en el servicio de profesoras. «Espero que no aparezca ahora alguna profesora con ganas de hacer pipí —pensó un poco asustada—. No sabría cómo explicarle qué hago aquí. Aunque, pensándolo bien, podría disculparme diciendo que tenía tantas ganas que no me daba tiempo a llegar al servicio de alumnas. ¿Se lo creería?»

Mientras Marga pensaba en todo, agazapada tras la puerta del servicio, Nico había cruzado también la sala, había llamado al despacho del director y había entrado.

«¿Por qué no saldrán ya? Nico me dijo que sacaría al director de su despacho por lo menos durante diez minutos. Pero... ¿Y si el director no quiere salir? ¡Vaya problema tan gordo! Y yo ¿qué hago?»

Marga estaba tan nerviosa que de pronto sintió que era ella, y no alguna profesora, la que se estaba haciendo pipí. «¡Lo que me faltaba! ¡Huy! No me puedo aguantar más. Siempre me ocurre lo mismo. En los momentos más inoportunos... ¡Huy!»

Mientras Marga se había decidido finalmente a hacer uso del servicio de profesoras, Nico y el director salieron del despacho, atravesaron la amplia sala y se alejaron por uno de los pasillos.

Marga entreabrió la puerta del servicio y vio cómo se alejaban. Esperó a perderlos de vista y salió con cautela. De puntillas recorrió la distancia que la separaba del despacho y, procurando apartar todo pensamiento de su mente, entró en él. A toda prisa se dirigió al escritorio, tiró de un cajón y éste se abrió sin dificultad. Respiró profundamente. Buscó con la mirada y vio al fondo un sobre con un nombre escrito: «Daniel Robles». Sí, ése era el nombre del padre de Nico. Abrió el sobre, que no estaba pegado, y halló en su interior el llavero de plata.

El primer paso estaba dado. Se guardó el llavero

en su bolso de mano y dejó el sobre en su lugar. «¡Ya está!», pensó.

Abrió un poco la puerta del despacho y por la rendija miró al exterior. No había nadie. Salió como una centella y cerró la puerta con cuidado. Luego comenzó a caminar por el pasillo; se dio cuenta de que iba muy deprisa. Echó a correr; ella no quería correr, claro, pero sus piernas... no le obedecían.

Salió del colegio y, al galope, se dirigió hasta el puesto de periódicos, dos calles más abajo. Era el sitio convenido. Nico acudiría allí en cuanto se librase del director. Se recostó contra un árbol y sintió cómo su corazón le retumbaba en el pecho.

A los pocos minutos llegó Nico.

—¿Tienes el llavero?

Marga movió la cabeza afirmativamente; aún era incapaz de articular palabras. Luego abrió su bolso y lo sacó.

Caminaron en silencio hasta la casa de Nico. El paseo sirvió para tranquilizarlos y, cuando llegaron al portal, se sintieron mucho mejor. Subieron hasta su piso y, una vez en el rellano de la escalera, Nico sacó el llavero de plata y abrió la puerta.

La visión de su casa, de aquel ambiente tan entrañable, volvió a conmoverle. De pronto volvía a sentir aquella opresión en el pecho, aquel ahogo que pugnaba por estallar entre sus párpados.

—¿Quieres que nos vayamos? —dijo Marga, que notaba el estado de Nico.

—No.

Hizo un gran esfuerzo y se sobrepuso al dolor. Tenía la intuición de que a partir de ese momento debería ser muy valiente.

Recorrieron toda la casa. En su habitación cogió una bolsa de deporte y metió algo de ropa. También cogió un retrato de sus padres que tenía sobre la mesilla de noche. Luego fueron al despacho de su padre; allí comenzó a hojear algunos libros.

—¿Para qué necesitas libros? —preguntó Marga.

—Sé que mis padres guardaban dinero en alguno de estos libros, pero no sé en cuál.

Entre los dos revolvieron todos los libros y finalmente encontraron algunos billetes, que Nico dobló con cuidado y se guardó en uno de sus bolsillos.

—¿Qué cosas me pueden ser útiles en Guinea Ecuatorial?

—Nunca he estado allí. Tal vez... una brújula.

—No tengo.

—Pues... un machete para abrirte paso en la selva.

—Tampoco tengo.

—No se me ocurre nada más.

Nico echó una última mirada a la habitación y, sin perder más tiempo, salieron de la casa. Poco antes de llegar al colegio, Marga se despidió.

—Tengo que irme, es tarde. Mis padres estarán preocupados.

—Gracias por tu ayuda. Sin ti no lo hubiese conseguido.

—¿Estás seguro de lo que vas a hacer?

—Completamente.

—¿Quieres que te acompañe al aeropuerto?

—Como quieras, pero te echarán de menos en clase.

—Y a ti también.

—Es verdad. Bueno, si quieres...

—Iré. A nadie se le ocurrirá buscarnos en el aeropuerto.

—Eso seguro. Entonces te espero mañana media hora antes de clase, junto al puesto de periódicos.

Nico también recordaba haberle oído decir a su padre que ese avión salía a media mañana. Por tanto, teniendo en cuenta que el colegio se hallaba muy cerca de una parada de los autobuses que iban al aeropuerto, saliendo media hora antes de comenzar las clases, es decir, a las ocho y media, tendrían tiempo suficiente.

Enfrascado en estos pensamientos llegó al colegio; al entrar se cruzó con un grupo de internos que iban al comedor. Era la hora de cenar.

3

Un avión a la selva

A la mañana siguiente, cuando Marga llegó a las ocho y media en punto al puesto de periódicos, Nico estaba esperándola con impaciencia. A buen paso se alejaron en dirección a la parada del autobús. A pesar de la primavera, a pesar de que el día estaba despejado y el sol comenzaba a hacer acto de presencia entre los edificios, el frescor de la mañana se hacía notar. Quizá por eso, inconscientemente, aceleraron el paso y llegaron casi corriendo a la parada.

—Espero que el autobús no tarde demasiado.

—No te preocupes, tenemos mucho tiempo de sobra.

—Ya, pero cuando se den cuenta de que no estamos en clase es posible que nos busquen por los alrededores.

—¿Tú crees que avisarán a la policía?

—Al principio, no. Tratará de encontrarnos el director. Buscará las llaves de mi casa y, al no encontrarlas, se dirigirá hacia allí. Supongo que hasta por la tarde no se atreverá a llamar a la policía, pero para entonces ya habrás regresado tú.

—¿Y qué les diré?

—La verdad, que me he marchado a Guinea Ecuatorial. A esas horas ya estaré allí, no podrán evitarlo.

En ese momento llegó un autobús. Marga y Nico eran las únicas personas que lo cogieron en aquella parada. Un señor con trazas de ejecutivo y tres mujeres jóvenes que charlaban amigablemente eran los únicos pasajeros.

—Qué poca gente —comentó en voz baja Marga.

—Supongo que por el camino se irá llenando.

Sacaron sus billetes, avanzaron tambaleándose por el pasillo y se acomodaron en los asientos del fondo. Nico encajó la bolsa de deporte entre sus piernas.

Parecía que la ciudad sólo era un conjunto de vehículos, que se movían de un lado para otro, y de gente, mucha gente: hombres y mujeres andando por las aceras, cruzando la calle entre los coches en marcha. Hombres y coches. ¿Había algo más? Sí, claro que lo había. Bastaba fijarse con más detenimiento para darse cuenta de que cada persona era diferente de las demás, hacía cosas distintas, se comportaba de manera desigual... Y la mente de Nico se distraía tratando de adivinar cómo eran las personas que iban apareciendo ante sus ojos.

De pronto, la ciudad empezó a transformarse, ya no había calles; ahora circulaban por una autopista; las casas tenían otro aspecto, estaban más desparramadas, más distantes las unas de las otras; la gente apenas era perceptible a lo lejos. Poco a poco el campo —los páramos que configuran el paisaje al este de Madrid— se entremezclaba con los polígonos industriales y las pequeñas fábricas. Todo ello era síntoma de que la ciudad dejaba de serlo definitivamente.

—Estamos llegando al aeropuerto.

Nico jugaba constantemente con el llavero de plata de su padre; sus dedos no se estaban quietos un instante. Y es que ahora, cuando el autobús dejaba la autopista y enfilaba la carretera del aeropuerto, había empezado a ponerse nervioso, muy nervioso, como si hubiese caído en la cuenta de que algo iba a salirle mal.

Quizá había empezado a darse cuenta de que sus planteamientos eran demasiado sencillos, y de sobra sabía que el mundo de los mayores era mucho más complicado. Algo no podía salir bien. Y así fue.

Cuando solicitó un pasaje para Malabo a una uniformada señorita que manejaba un ordenador detrás de una ventanilla, obtuvo una respuesta rarísima.

—Di a tu padre que venga personalmente.

—¿Cómo?

—Sacar un pasaje de avión es una cosa muy seria; no debe encargarse a un menor.

—El pasaje no es para mi padre, es para mí.

Y entonces aquella señorita empezó a preguntarle cosas: que cuántos años tenía, que si la autorización paterna, que si el pasaporte en regla, que si esto y lo de más allá... ¿Pero qué se había creído esa señorita? Muy enfadado se marchó de allí, llevándose a Marga de la mano.

—Claro —razonaba la muchacha—, no habíamos caído, necesitarías un permiso paterno para viajar solo.

—¡Qué fastidio!

—Me parece que tendrás que quedarte.

—¡De eso nada!

Anduvieron un buen rato de aquí para allá, mirándolo todo, tratando de adivinar algo, de encontrar un indicio, una solución... De pronto, al otro lado de una pequeña barrera de seguridad, Nico vio un cartel esperanzador. Ponía: «Personal de vuelo. Prohibido el paso».

—¡Vamos! —dijo resuelto.

—¿Nos dejarán entrar?

Llegaron a la barrera de seguridad y un vigilante los detuvo.

—¡Eh! ¿No veis el cartel? No se puede pasar. ¿Es que no habéis aprendido a leer?

Aquel vigilante no parecía muy amable.

—Queremos ver al comandante Álvarez.

—¿Para qué queréis verlo?

—Dígale al comandante que soy Nico, el hijo de Daniel Robles.

—¿Una broma?

—Le aseguro que no. Por favor, dígaselo, es muy importante.

El vigilante volvió a mirarlos de arriba abajo, como dando a entender que no se fiaba de ellos. Luego llamó a uno de sus compañeros, que estaba cerca, y le dijo que se quedase junto a los chicos mientras él hacía una llamada por el teléfono interior.

—Como sea mentira os vais a acordar —les dijo antes de entrar a telefonear.

Nico le observó detenidamente; parecía dar muchas explicaciones, pues accionaba las manos constantemente y los señalaba de vez en cuando como si el interlocutor pudiese verlos. Al cabo de un rato colgó el teléfono y salió. Los miró fijamente. ¿Qué habría dicho el comandante Álvarez?

—Os habéis librado, mocosos —les dijo—. Podéis pasar.

Siguiendo las indicaciones del vigilante, caminaron por un largo pasillo. A la derecha había muchas puertas, todas cerradas; la pared de la izquierda era de cristal y daba directamente al aeropuerto. Se veía perfectamente el movimiento de aviones que tenía lugar en las diferentes pistas. Se oía muy próximo el rugido de un motor en marcha.

El propio comandante Álvarez salió a su encuentro.

—Así que tú eres Nico, el hijo de Daniel.

—Sí, señor.

Los llevó a un pequeño despacho e hizo que se sentasen a su lado. Nico no tuvo necesidad de contarle lo sucedido, ya que el comandante lo sabía todo.

—Para mí también ha sido un duro golpe, créeme, muchacho. Tu padre y yo éramos buenos amigos. Más de una vez hemos viajado juntos. No sé lo que pudo suceder, pero en cuanto llegue a Malabo te prometo que haré gestiones ante la policía guineana para que...

—Yo voy con usted.

El comandante dio una palmada cariñosa a Nico.

—No creas que no comprendo tus deseos.

—Ya lo he decidido: iré a Guinea Ecuatorial. Traigo mi equipaje en esta bolsa, y dinero para pagar el pasaje.

—Sé razonable. No puedes hacer eso. Es una locura y no serviría de nada.

Nico lo intentó de todas las formas imaginables pero el comandante Álvarez no dio su brazo a torcer. De ninguna manera le consentiría marcharse a Guinea Ecuatorial.

El muchacho estaba completamente desolado, pues veía que todo su plan se venía abajo sin remedio. Entonces tuvo una feliz idea.

—Está bien —dijo cambiando el tono de voz—. Me resignaré y me quedaré en Madrid esperando sus noticias.

—Así me gusta. Veo que por fin eres razonable.

—Bueno... nos vamos.

—Os acompañaré.

Los tres salieron del despacho y caminaron por el largo pasillo.

—¿Sale pronto su avión? —preguntó Nico.

—Pues exactamente... —el comandante miró su reloj— dentro de media hora.

Nico miró a través de la cristalera hacia la pista y, señalando un avión, preguntó:

—¿Es ése?

—No —respondió el comandante—. Es el de la derecha, en el que están cargando bañeras.

—¿Bañeras?

—Sí; por lo visto vamos a transportar unas cuantas bañeras. Tratándose de Guinea, nunca se sabe.

En la puerta de embarque, el comandante se despidió de los chicos, y volvió a asegurar a Nico que haría gestiones para saber algo de sus padres. Le perdieron de vista entre un grupo de gente.

—Lo hemos intentado —suspiró Marga.

—¡Vamos, corre! —gritó Nico, que volvía a cogerla de la mano y a llevarla a tirones.

—¿Dónde vamos?

—Nos queda menos de media hora.

—¿Para qué?

—¡Para qué va a ser!

Marga, que conocía a Nico, sabía de sobra que, cuando algo se le metía en la cabeza, no había manera de hacerle desistir. Ahora no sabía cómo, pero estaba segura de que Nico iba a intentar coger el avión; por eso le había estado haciendo preguntas al comandante Álvarez.

Tras burlar a un par de vigilantes, ignorar una señal de prohibido el paso y descender por unas escaleras de uso restringido, se encontraron junto a las pistas.

—¿Cómo piensas llegar hasta el avión? —le preguntó Marga.

—Mira, allí —le señaló una máquina elevadora que con su pala se disponía a coger unas cuantas bañeras, encajadas las unas en las otras y sujetas con fleje—. ¡Tienes que detenerla durante unos segundos!

—¿Yo...? ¿Detener yo esa máquina? ¿Y cómo?

—¡Corre! ¡No hay otra solución!

Nico empujó a Marga, quien de pronto se encontró sola ante la máquina, que era manejada con destreza por un empleado. Se sentía ridícula, pero deseaba por encima de todo ayudar a su amigo. Corrió hacia la máquina y comenzó a dar gritos.

—¡Eh, señor! ¡Eh, oiga, el de la máquina!

Tuvo que gritar una barbaridad hasta que aquel hombre se percató y asomó la cabeza por la ventanilla de aquel extraño vehículo.

—¿Qué pasa, niña? ¿Qué haces aquí? ¿Cómo te han dejado pasar?

—Señor, corra, la máquina está ardiendo. Echa mucho humo por detrás.

—¡Ardiendo! —exclamó el empleado, quien desconectó el motor y se bajó para comprobarlo.

—¡Por aquí! ¡Por aquí! —y Marga le iba alejando de las bañeras.

—No veo nada.

—Es que... es... una broma —dijo, y echó a correr hacia una puerta que vio abierta.

El empleado, rojo de ira y maldiciendo, inició la persecución. Nico aprovechó ese instante para llegar hasta las bañeras. Escaló uno de los laterales y se introdujo, entre el apretado fleje, en la de más arriba. Mientras se acomodaba en el interior, formulaba una y otra vez un deseo: «Que no la alcance, por favor, que no la alcance».

El deseo de Nico se cumplió y Marga pudo escapar de aquel empleado, que volvió a la máquina enfadadísimo. Se introdujo de un salto en la cabina, conectó el motor, cargó las bañeras con destreza y las transportó hasta el avión que estaba a punto de salir hacia Guinea Ecuatorial.

Desde la terraza del aeropuerto Marga siguió con la mirada aquel avión. Cuando cruzó a toda velocidad la pista de despegue, sintió un escalofrío que la conmovió de pies a cabeza. Una lágrima desbordó sus párpados y se deslizó por su sonrosada mejilla. «Buena suerte, Nico, buena suerte.»

4

Polizón en una bañera

Durante el tiempo que duró el viaje, Nico no se atrevió a moverse de la bañera. En varias ocasiones pensó en incorporarse ligeramente y asomar un poco la cabeza para contemplar su entorno. Pero..., ¿y si era descubierto? Prefirió no intentarlo, a pesar de que sabía que ya no podrían devolverle a Madrid, pues el avión no iba a cambiar de ruta por él.

Le daba vueltas a la cabeza pensando en cómo se las apañaría en Malabo. Tendría que salir de allí sin ser visto, pues de lo contrario podrían retenerle en el aeropuerto e impedirle sus propósitos. Quizá esta idea fue la que le mantuvo inmóvil durante todo el viaje. Y... ¡qué curioso!, a pesar de los nervios y de la tensión acumulada, consiguió relajarse tanto dentro de aquella bañera que se quedó dormido durante un rato. Y le vino bien aquella siesta, pues de alguna manera apartó de su mente una serie de preocupaciones que le atormentaban.

Cuando abrió los ojos, mucho más tranquilo, lo primero que se planteó fue si quedaría aún mucho tiempo de viaje. Miró su reloj. ¿Cuánto tardaría un avión en recorrer la distancia que separa Madrid de Malabo? No tenía ni idea. Por lo tanto, no le quedó más remedio que continuar la espera.

Sus dudas fueron aclaradas muy pronto, ya que por la megafonía del avión, que podía oírse lejana desde donde Nico se encontraba, anunciaron el inmediato aterrizaje en la capital de Guinea Ecuatorial.

«¡Por fin! Ahora estoy más cerca de mis padres. No sé cómo, pero los encontraré», pensó.

El avión tomó tierra. Nico se balanceó ligeramente dentro de la bañera. El ruido de los motores ahora era distinto, se percibía más intensamente, aunque el avión parecía estar parado.

Poco a poco, Nico fue elevando su torso, apoyándose en sus antebrazos. Asomó la cabeza. El sitio estaba muy oscuro, apenas iluminado por un par de lámparas de emergencia. Había muchos objetos a su alrededor: fardos, cajas, paquetes...

Cuando iba a incorporarse un poco más, sintió un fuerte chasquido en uno de los laterales y volvió a dejarse caer.

De pronto, una fuerte luz iluminó todo. Sin duda, una puerta grande era abierta de par en par. Se oían voces confusas y ruidos metálicos. Las voces cada vez estaban más cerca; podía entender perfectamente lo que decían. Dos hombres hablaban de las mercancías; parecía como si las estuviesen verificando. Nico sintió miedo, ya que si se asomaban al interior de aquellas bañeras sería descubierto sin remedio. Sintió que se acercaban, contuvo la respiración. No podía ser descubierto, ya que le sería imposible intentar siquiera la huida. ¿Cómo iba a salir de aquel agujero?

De pronto sintió que las bañeras se movían violentamente. ¿Qué pasaba? Era desplazado de un lado a otro y trató de sujetarse como pudo.

Aquella pila de bañeras fue arrastrada, junto con las demás, hasta la puerta del avión, y dejada caer sin muchas consideraciones por una rampa hasta el suelo. En la vertiginosa bajada, Nico pensó que acabaría en el asfalto del aeropuerto; pero no fue así: aquellos hombres estaban acostumbrados a descargar aviones de manera contundente.

De pronto Nico sintió calor, mucho calor. Le

sobraba su jersey de punto, la cazadora, e incluso los pantalones de entretiempo le molestaban en las piernas. No cabía la menor duda, se hallaba en Guinea Ecuatorial y, antes de que le sorprendiesen, debería salir de su escondite. Levantó un poco la cabeza y pudo ver a aquellos dos hombres al final de la rampa, arrastrando unos fardos. ¡Era el momento! Se incorporó entre los flejes con agilidad, salió de la bañera y saltó a la pista.

Pero apenas había dado unos pasos cuando sintió unos gritos a su espalda.

—¡Eh! ¿De dónde ha salido ése?

—No sé.

—¡Quieto!

—¿Dónde vas? ¡Eh! ¡No corras!

Nico volvió la cabeza y pudo ver a los dos hombres que descargaban bultos haciéndole señas con las manos. «Me han descubierto —pensó—; tendré que correr más deprisa.»

A toda carrera se alejó del avión. Había una zona llena de vegetación no lejos de allí. Si la alcanzaba, estaría a salvo. De pronto, una sirena comenzó a sonar a uno de sus lados. Volvió la cabeza de nuevo... Era un jeep de la policía. Estaba perdido. Corrió cuanto pudo, pero no llegó a los árboles. El vehículo se interpuso en su camino y varios policías guineanos descendieron de un salto.

—¡Quieto, muchacho! —gritó uno de ellos en perfecto castellano y apuntándole con un fusil.

—¡Quieto o disparamos! —gritó otro.

Nico se detuvo en seco; cuatro policías le apuntaban con sus armas. Instintivamente alzó sus brazos.

—No disparen —dijo jadeante. Fue introducido en el jeep y conducido a las dependencias policiales del aeropuerto. Le obligaron a sentarse en un banquillo. Mientras uno de los policías le vigilaba, sin apartar de él el cañón de su fusil, los demás hablaban en un corrillo algo más retirados. Trataban de explicar a su superior cómo y dónde habían capturado a aquel muchacho.

Nico los miraba constantemente. ¡Qué distintos eran de los españoles! Parecían de esos policías que salen en las películas de la selva, con ese pantalón corto tan divertido y... ¡tan negros! Se fijó en sus facciones: frentes hundidas, mandíbulas prominentes, narices aplastadas, labios gruesos, ojos... ¡qué ojos!, ¡qué blancos parecen los ojos de los negros!

Al cabo de unos minutos, el que parecía el jefe se acercó a él.

—Documentación —le dijo, y le tendió la mano, esperando que Nico le entregase lo solicitado.

—No tengo. Soy menor y... Pero mi padre puede aclararles todo lo sucedido.

—¿Tu padre? —preguntó el policía extrañado.

—El comandante Álvarez, el piloto del avión que acaba de aterrizar procedente de Madrid.

Los policías se miraron confusos; hubo quien se encogió de hombros cómicamente. El jefe dijo algo a uno de los policías, que salió corriendo de allí. Los demás hablaban en voz baja.

—Si mientes —le dijo el jefe—, tendrás problemas, muchos problemas.

Nico había vuelto a mentir, y lo que era peor, había vuelto a contar la misma mentira. ¿Cómo reaccionaría Álvarez al enterarse? Pero... ¿qué podía hacer? Era lo único que se le había ocurrido; al fin y al cabo, el comandante era la única persona que podría sacarle de aquel tremendo lío.

Y no tardó mucho en aparecer el comandante Álvarez. Entró hecho una furia y se dirigió directamente a Nico. Le miró de arriba abajo.

—¡Te mereces una bofetada! —le dijo de muy mal humor.

—Yo... esto...

—¡Eres un loco, y un ingrato! ¿Acaso no te dije que haría cuanto estuviera en mi mano?

—Sí, pero...

—¡No hay pero que valga!

—¡No podía quedarme en Madrid! —gritó Nico angustiado por la reprimenda del comandante—. ¡No podía! ¡No podía!

Los policías asistían con expectación y curiosidad a aquel diálogo que ellos suponían entre padre e hijo. El jefe de la policía se acercó al comandante y le palmeó afectuosamente la espalda.

—La juventud de hoy... ya sabe.

—¡Eh! —exclamó el comandante sorprendido.

—Mi hijo, sin ir más lejos —continuó el afable policía—, no quiere casarse con su prima Atagara. ¿Ha visto usted cosa igual? Nosotros le preparamos ese matrimonio, que es de lo más ventajoso, y él lo rechaza. Eso en mis tiempos no pasaba.

El comandante no pudo evitar una sonrisa al oír hablar a aquel policía guineano en aquellos términos. Miró a Nico más calmado y observó que el muchacho estaba llorando.

—Vamos, Nico, cálmate —le cogió entre sus brazos y le incorporó.

—¡No puedo vivir así! Yo quiero saber dónde están mis padres, qué les ha ocurrido. ¡Quiero saberlo! Por eso he venido. Por favor, ayúdeme.

Las palabras angustiadas de Nico conmovieron al comandante, que a partir de ese instante cambió de actitud. En primer lugar tuvo que dar innumerables explicaciones a aquellos policías hasta que los convenció de que Nico no era un sujeto peligroso, sino un indefenso muchacho que pretendía encontrar a sus padres, misteriosamente desaparecidos en la selva. La tarea no fue fácil, ya que el jefe de policía, era bastante desconfiado; por eso les obligó a firmar una declaración de todo cuanto en aquella habitación se había hablado.

—Está bien —dijo, con la declaración firmada entre sus manos—, pueden irse. Pero recuerde que se ha comprometido a acudir a su embajada para arreglar los papeles del chico.

—Iremos inmediatamente.

—¿Puedo confiar en usted?

—Me conoce desde hace años, no comprendo sus dudas.

El policía refunfuñó entre dientes y los dejó salir.

—¿Iremos a la embajada? —preguntó Nico en cuanto se alejaron un poco del aeropuerto.

—Naturalmente.

—¿Y por qué?

—¿Y todavía lo preguntas? Tendrán que darte un salvoconducto. Además será conveniente hacer algunas llamadas telefónicas a España. Supongo que habrá gente buscándote allí.

—¡Qué va! Marga les habrá dicho ya a todos que me he escapado y que estoy en Guinea Ecuatorial. ¡Qué calor hace!

—Claro, quítate esa cazadora, y el jersey, y la camisa si quieres. Aquí se está más a gusto desnudo.

—¿Iremos a buscar a mis padres?

—Pasado mañana regresaré a Madrid, y tú vendrás conmigo. Mañana alquilaremos un helicóptero y sobrevolaremos la zona por donde estuvieron tus padres.

—¿No sería mejor ir en jeep?

—¿Cómo vamos a cruzar el mar en jeep?

—¿El mar? ¿Hay que cruzar el mar?

—Veo que no andas muy bien en geografía. ¿No sabes que Malabo está en una isla, que antes se llamaba Fernando Poo?

—No.

—Será mejor que te deje un mapa del país. Tus padres desaparecieron en la zona continental, cerca de la frontera con Gabón. Allí nos dirigiremos mañana.

No había salido tan mal la cosa. El comandante Álvarez se había portado estupendamente. Lo que le había sorprendido era que Malabo estuviese en una isla y no en el continente. Si hubiese conseguido escapar de la policía del aeropuerto, se podía haber pasado días y días dando vueltas por la isla buscando infructuosamente a sus padres.

Aquella noche apenas pudo dormir en una habitación del hotel, contigua a la del comandante Álvarez, mirando y remirando el mapa que horas antes habían comprado.

5

LA BÚSQUEDA

A la mañana siguiente, mientras desayunaban en el pequeño y destartalado comedor del hotel, el comandante Álvarez mostró a Nico en el mapa desplegado sobre la mesa, el itinerario que seguirían.

—Aquí —y le señaló un punto determinado—, en este lugar hay un claro. Es el sitio donde fueron encontrados los restos del helicóptero.

—¿Iremos hasta allí?

—Sí; volaremos por las cercanías.

—¿Y descenderemos?

—No es aconsejable. Aunque aterrizásemos no podríamos alejarnos mucho del helicóptero.

—¿Pero cómo vamos a encontrarlos si no aterrizamos?

—Ya veremos. Ahora termina el desayuno.

El comandante Álvarez dobló el mapa y lo introdujo en una bolsa. Luego se quedó unos instantes pensativo observando cómo Nico terminaba de desayunar. ¡Qué chiquillo! Se veía obligado a reprocharle su acción, pero en el fondo le satisfacía que el muchacho demostrase tanto valor y tanto cariño hacia sus padres. Él, que no tenía hijos, pensó que si algún día tenía uno, le gustaría que se pareciese a Nico. En cierto modo iba a hacer aquel viaje sólo por él, ya que en su fuero interno estaba convencido de que su amigo Daniel Robles y María, su mujer, habían perecido.

—¿Quién cree usted que mató a ese guía francés llamado Charles y a los dos negros?

—Es difícil saberlo. En esa zona la selva es casi impenetrable. Por allí viven varias tribus, pequeñas y aisladas. Se sabe muy poco de ellas. Desde hace años un misionero catalán, el padre Soler, convive con esa gente. Siempre se han mostrado pacíficos y hospitalarios, pero últimamente se han vuelto agresivos. Han atacado a cuantas personas se han acercado al lugar. Tienen abundantes armas de fuego. Sin duda, algo raro les ha sucedido.

—¿Y el padre Soler?

—Nada se sabe de él desde hace más de un año. La policía no quiere problemas y se desentiende del asunto. Como mucho se limitan a sobrevolar la zona en helicóptero; pero jamás se atreven a aterrizar. ¿Comprendes ahora por qué es peligroso?

Nico había terminado su desayuno y se había puesto en pie, sujetando entre sus manos la bolsa en la que llevaban algunas provisiones. El comandante Álvarez se levantó también, recogió sus cosas y, junto con el muchacho, salió del hotel. En la puerta los esperaba un taxi, que los condujo sin pérdida de tiempo al aeropuerto.

El helicóptero alquilado por el comandante Álvarez se encontraba a pocos metros. Un mecánico español lo estaba revisando. Al ver al comandante, le saludó cordialmente.

—Aquí lo tienes. Es lo mejor que he encontrado.

—¿Lo has mirado bien?

—Sí; puedes ir tranquilo. Lo he revisado a fondo. Funciona perfectamente.

—¿Combustible?

—He llenado el depósito.

—Estás en todo. Gracias.

Nico se había acercado al helicóptero y aquel hombre reparó en él.

—¡Vaya!, seguro que tú eres Nico, ¿no?

—Sí.

—¡La que has organizado! Tienes de cabeza a toda la embajada. Suerte que has dado con el comandante.

Nico sonrió tímidamente. El comandante introdujo en el aparato las bolsas que llevaba y se acomodó en su asiento. Nico subió por el otro lado y se sentó en el sillón contiguo.

—¿Estás preparado?

—Sí.

—¿Te has abrochado el cinturón de seguridad?

—Sí.

—Pues... ¡allá vamos!

Conectó el motor y la gran hélice comenzó a girar. Nico aún pudo oír a aquel hombre que le gritaba desde el exterior:

—¡Yo en tu lugar también me hubiese escapado! ¡Buena suerte, muchacho!

—Gracias —dijo Nico, sabiendo que su voz no podría ser oída, ya que el motor había comenzado a sonar con fuerza.

El aparato se movió ligeramente y comenzó a ascender despacio. Nico apretó su cara contra la ventanilla. Jamás había volado en un helicóptero y deseaba contemplarlo todo. Las cosas empequeñecían a medida que se elevaban: la torre de control, los edificios, los aviones parados junto a los hangares... Y enseguida apareció la ciudad: Malabo, la antigua Santa Isabel, capital de Guinea Ecuatorial y núcleo de población más importante.

En unos minutos estaban en medio del mar. Había desaparecido todo vestigio de tierra, y a pesar de que Nico aguzaba su vista, no podía ver ni la isla ni el continente africano.

—¿Vamos bien? —preguntó intranquilo.

—Perfectamente. No tardaremos en llegar a Bata.

Y las palabras del comandante se cumplieron. Al poco tiempo divisaron el continente y sobrevolaron la ciudad de Bata. Nico contemplaba desde el aire el aspecto de esta nueva ciudad: modernos edificios, calles asfaltadas...

—Pero... no son salvajes —comentó algo sorprendido.

—¿Qué esperabas encontrar?

—No me imaginaba una ciudad parecida a las nuestras.

—Aún estamos lejos de la selva propiamente dicha. África ofrece estos contrastes: una ciudad aparentemente moderna..., te sales de ella y entras de lleno en la edad de piedra.

Nada más perder de vista Bata, la vegetación se fue espesando. Desde el aire se veían inmensas zonas verdes, impenetrables, atravesadas por ríos caudalosos. De vez en cuando, un claro, algunas casas endebles, algún camino casi borrado...

—¿Te gusta?

—Es... es... —Nico no encontraba la palabra que pudiese describir tanta belleza—. Es... fantástico.

—Desde el aire todo parece maravilloso: por eso me hice piloto; pero te aseguro que si estuviésemos dentro de esa selva, no nos parecería tan fantástica. Es un medio hostil, donde sobrevivir es muy difícil.

Los dos permanecieron un buen rato en silencio. Nico presentía que estaban llegando al lugar señalado, el sitio donde el comandante Álvarez había trazado una cruz con su bolígrafo. Aguzó su vista, tratando de descubrir algún indicio de esperanza. El helicóptero había perdido altura y volaba muy bajo para examinar mejor cada palmo de terreno.

—¿Ves aquel claro? —preguntó el comandante, señalando un pequeño islote pelado entre aquel mar de vegetación.

—Sí, ya lo veo.

—Allí encontraron el helicóptero. Supongo que los restos del aparato estarán en el mismo sitio.

—¡Los veo! —gritó Nico—. ¡Allí! ¡Allí están!

El comandante Álvarez, como había manifestado desde el principio, no era partidario de aterrizar; sin embargo, Nico insistió una y otra vez hasta que consiguió convencerle.

—Sólo un momento, por favor.

—Está bien, echaremos un vistazo por si encontramos alguna pista y volveremos a emprender el vuelo enseguida. Luego será conveniente que nos acerquemos hasta los montes de Cristal, esos que se ven allí. Al otro lado está Gabón.

—¿Y cuando hayamos sobrevolado los montes de Cristal...?

—Regresaremos a Malabo. Tendremos que hacer escala en Bata para repostar.

—Pero...

—Recuerda lo que te dije: sobrevolaríamos la zona tratando de encontrar a tus padres. Eso es lo que haremos. Además, el combustible no nos permitirá alejarnos demasiado.

Nico bajó la cabeza contrariado. Por él se hubiesen quedado en aquel sitio, hubiesen rastreado a pie la zona hasta encontrarlos, porque estaba seguro de que sus padres no podían encontrarse muy lejos de allí. ¿Qué hacer? Desde el aire quedaban demasiadas cosas ocultas.

El helicóptero descendió manejado por las diestras manos del comandante Álvarez. La tierra volvía a acercarse, a llenar el paisaje a su alrededor. Se posó con suavidad junto a los restos del otro aparato. Poco a poco, la gran hélice fue perdiendo velocidad, el motor sonaba ahora más suavemente. Se desabrocharon los cinturones de seguridad y descendieron de un salto. La primera reacción de ambos fue correr hacia los restos chamuscados del otro helicóptero. Todo estaba destrozado y quemado.

Nico observó una serie de objetos desparramados por el suelo: algunas ropas, una bolsa de viaje rajada, unos bidones de plástico retorcidos, unas gafas de sol pisoteadas... El panorama era desolador, y Nico volvió a sentir aquella angustia que experimentó en Madrid cuando el director del colegio le comunicó lo sucedido. De pronto, sus ojos descubrieron un zapato de mujer enganchado en uno de los matorrales. Se acercó y lo cogió entre sus manos. Las lágrimas volvieron a a correr por sus mejillas.

—Mi madre se acababa de comprar estos zapatos.

—Sé fuerte, Nico —le consoló el comandante.

—¡Tenemos que ir a buscarlos! —gritó—. ¡Ahora!

—Tranquilo, cálmate. Volvamos al helicóptero.

—¡No! Desde el aire no podemos ver nada. Tenemos que buscarlos ahora.

—No seas loco. Nos perderíamos en unos minutos. No podríamos sobrevivir. Además... lo más probable... —el comandante se detuvo, como si no se atreviese a terminar la frase.

—¿Qué iba a decirme?

—Sólo la verdad: tus padres están muertos.

—¡No! —gritó Nico desesperado.

—¡No te engañes! Compórtate como un hombre y acepta lo ocurrido.

—¡No! ¡No! Ellos viven, están en alguna parte de esta selva. ¡Lo sé! ¡Estoy seguro!

Entonces, Nico se desprendió de los brazos del comandante Álvarez y echó a correr.

—¡Nico! ¡Vuelve! ¡Vuelve inmediatamente!

Pero Nico no le obedeció. Ya no volvería a obedecer al comandante a pesar de que se había portado estupendamente con él, a pesar de que sabía que sus temores eran fundados; pero en ese momento la imagen de sus padres se antepuso a todo lo demás. Corrió como un desesperado hasta ganar la espesura. Allí no podría encontrarle. Sintió que la vegetación se cerraba poco a poco a sus pies, corría con más dificultad, tropezaba, caía..., pero se levantaba y continuaba la carrera.

La voz del comandante Álvarez sonaba por alguna parte: «¡Nico! ¡Nico! ¡Vuelve! ¡Nico! ¡Regresa!». Pero Nico sacaba fuerzas de flaqueza y corría más rápido, más obcecado en su huida. La voz del comandante cada vez se oía más lejana y, finalmente, se perdió.

Nico se detuvo unos instantes para tomar aliento. Estaba rodeado de árboles gigantescos que sólo en su copa tenían abundante follaje. Las ramas de uno se entrecruzaban con las de otro, y así sucesivamente, con lo que formaban un tupido techo verde, que apenas dejaba pasar los rayos del sol. Nu-

merosas lianas colgaban por todas partes. Curiosamente, en el suelo había poca vegetación, se podía caminar con facilidad sorteando los gruesos troncos.

Poco a poco se fue dando cuenta de que la selva estaba llena de sonidos, de extraños sonidos que nunca antes había oído. Los oía por todas partes. Volvió la cabeza a un lado, a otro, arriba, abajo... Vio algunos animales que saltaban entre las ramas. Realmente, el comandante Álvarez tenía razón: aquél era un medio hostil y peligroso.

Continuó corriendo sin rumbo. De pronto, un ruido diferente llamó su atención; era un sonido muy conocido: el motor del helicóptero. Sin duda, el comandante le estaría buscando desde el aire. Por el ruido, estaba volando muy bajo, justo encima de los árboles. Se acurrucó contra un tronco caído. No podría descubrirle, era imposible que le viese desde arriba; no obstante, continuó agazapado hasta que el ruido del helicóptero se alejó.

Miró a su alrededor. Todo era igual. ¿Hacia dónde se dirigiría? Caminó durante horas, completamente perdido. Cayó la noche y continuó andando hasta que, finalmente, se desplomó extenuado. Se acurrucó en el suelo y se quedó dormido.

6

Perdido en la selva

Se despertó al amanecer. Confuso, miró a su alrededor y trató de reconstruir todo lo sucedido. Se sorprendió de haber podido dormir en semejante lugar. Si alguien se lo hubiese dicho días antes, se habría echado a reír.

Estaba completamente desorientado; la espesa vegetación le cerraba la vista por todas partes. Recordaba que los montes de Cristal, que habían visto desde el helicóptero, se hallaban hacia el sur. Pero..., ¿dónde estaba el sur? El sol apenas era perceptible entre las tupidas ramas de los árboles. Era inútil intentar situarse en aquel laberinto natural; por tanto, sólo le quedaba una solución: caminar, con la esperanza de llegar a algún sitio desde donde poder contemplar un paisaje más abierto.

Volvió a caminar sin rumbo. El calor pegajoso le fatigaba mucho, tenía la boca reseca, pero, aunque encontró varias charcas con agua, no se atrevió a beber, ya que pensaba que estarían emponzoñadas. Además había gran cantidad de insectos que revoloteaban constantemente a su alrededor; se le metían entre la ropa, le picaban y, a pesar de sus constantes manotazos, no conseguía librarse de ellos.

De repente oyó un ruido a sus espaldas; era como si una rama se hubiese tronchado. Se volvió y descubrió algo que en un principio le dejó helado: eran dos negros, pero muy distintos de los de Malabo. Su aspecto era mucho más salvaje. ¿Qué podía hacer? ¿Intentar huir?, ¿dejar que le cogiesen y le llevasen al poblado? No era mala idea, tal vez en el poblado encontrase a sus padres. Los negros estaban inmóviles a poca distancia, mirándole fijamente.

—Hola... —dijo Nico tratando de romper aquel clima tan tenso.

Los negros se miraron y comenzaron a avanzar hacia él amenazantes. ¿Qué iban a hacerle? Desde luego no tenían cara de buenos amigos. Tendría que defenderse, no le quedaba más remedio. Afortunadamente no iban armados.

—Hola —repitió—. Yo, Nico. Busco a mis padres. Perdidos.

Había que actuar sin pérdida de tiempo, pillarlos por sorpresa. ¿Sabrían kárate? Seguro que no. Era un tanto a su favor. Intentaría sorprenderlos con una serie de golpes de kárate, que tantas veces había practicado en el gimnasio del colegio.

Dio un grito tremendo, que detuvo momentáneamente a los dos negros, y a continuación lanzó una patada certera a uno de ellos. El impacto fue preciso, en la mandíbula, y el negro rodó por los suelos. Como una centella se revolvió hacia el otro y, aprovechando el impulso, le golpeó con el puño en el rostro.

De momento había conseguido librarse de ellos. Sin pensarlo dos veces echó a correr. Pensaba ocultarse en algún sitio y esperar a que los negros se recuperasen de los golpes; luego los seguiría sigilosamente hasta su poblado.

Pero su idea, que no estaba mal pensada, se vino abajo estrepitosamente. En su carrera pisó un sitio cubierto de follaje, aparentemente sin peligro, pero que cedió a su peso y se vino abajo. Sin poder evitarlo cayó de golpe al fondo de un profundo agujero. Era una trampa para animales. Y lo malo era que no podía salir, pues la embocadura del agujero estaba demasiado alta y el golpe le había dejado un poco aturdido.

Pronto, los dos hombres se asomaron al agujero. Hablaron algo en su lengua y se rieron con ganas contemplando a Nico. Luego, uno de ellos cogió una liana, se la echó y le hizo señas para que trepase por ella. ¡Qué remedio le quedaba! Se agarró con fuerza a la liana y salió del agujero. Enseguida se abalanzaron sobre él y le ataron sujetándole fuertemente los brazos al cuerpo. Uno de ellos agarró el extremo sobrante de la liana.

A tirones le obligaron a caminar. Uno tiraba de la liana y el otro le empujaba por detrás, de manera que Nico no podía detenerse un solo instante.

Cuando llevaban caminado al menos una hora, sucedió algo realmente extraordinario. Una piedra de tamaño considerable silbó por los aires y fue a estrellarse en plena cabeza del que marchaba detrás. Nico sintió el impacto y se volvió; pudo comprobar cómo aquel hombre caía al suelo sin conocimiento. ¿Qué había pasado? No hallaba explicación, pero pensó que podría aprovecharse de la situación, ya que el que marchaba delante no se había enterado de nada. Algo tenía que intentar, a pesar de tener los brazos atados. Sin embargo, otro hecho sorprendente impidió que Nico intentase la fuga. De nuevo, otra piedra silbó por los aires, y con certeza increíble golpeó la cabeza del otro, que se desvaneció al instante, soltando la liana que le unía a Nico.

Sin duda, alguien le estaba ayudando, pero...,
¿quién?

Miró a su alrededor, buscó con la mirada, esperó
a que alguien diese señales de vida...

—¡Eh! —gritó—. ¡Estoy aquí! ¡Eh! ¡Estoy aquí!
¡Aquí!

Pero nadie le respondió. Era raro, muy raro.
Había algo que no le gustaba; por eso se desató
como pudo y se alejó con precaución, sin dejar de
mirar a un lado y a otro. ¿Quién sería? Porque esas
piedras habían sido lanzadas a propósito; de eso no
cabía la menor duda. Pero..., ¿por qué a él no le
habían lanzado también una piedra? Tendría que
tratarse de un amigo. ¿Un amigo allí, en Guinea
Ecuatorial? No, todos sus amigos vivían en España.
«¡Qué cosa tan rara!», pensó.

Siguió caminando el resto de la mañana; el calor
se hizo más intenso y sentía una gran fatiga; además, los insectos estaban acribillándole a picotazos.
Tenía la boca completamente seca y buscaba un río
o algún sitio donde saciar su sed. Exhausto, se dejó
caer junto a un gran tronco medio podrido; respiró
profundamente un par de veces, tratando de acom-
pasar los latidos de su corazón. Desde el suelo contempló su entorno: era horrible, nunca podría salir
de allí, estaba perdido y moriría sin remedio. «Por
lo menos habré intentado encontrar a mis padres»,

pensó para consolarse un poco. Se recostó en el tronco y se quedó medio traspuesto, esperando que el descanso le restituyese parte de las fuerzas perdidas. Por eso no se dio cuenta de que a escasos metros, casi confundida con la maleza, se hallaba una tremenda serpiente venenosa. El reptil permanecía inmóvil, como muerto, hasta que de pronto su cabeza empezó a incorporarse, se elevó un palmo del suelo y se movió zigzagueante; de su boca entreabierta salía una gran lengua bífida.

Nico estaba demasiado cansado para darse cuenta de aquella amenaza. La mordedura de aquella serpiente le causaría la muerte inmediata.

Sigilosamente, la serpiente se fue acercando hacia él. Se encontraba a muy poca distancia. Su cabeza, con las fauces abiertas, estaba dispuesta para asestar, como un latigazo, el mortífero bocado.

Justo en el momento que el reptil iniciaba su acometida, una flecha, disparada con envidiable puntería, atravesó la cabeza de la serpiente, yéndose a clavar en el tronco a escasos centímetros de Nico. El disparo había sido perfecto; alguien muy diestro con el arco había lanzado aquella flecha.

Sobresaltado, Nico giró hacia el lado contrario, rodó unos metros por el suelo y se incorporó lentamente, sin quitar los ojos de la tremenda serpiente que aún seguía retorciéndose, aprisionada por la flecha que le estaba quitando irremisiblemente la vida.

Le habían vuelto a salvar, pero..., ¿quién? De nuevo alguien le ayudaba, alguien extraño y misterioso.

—¿Quién está ahí? —gritó—. ¡Por favor, salga! ¡Estoy aquí! ¡Aquí! ¡Salga!

Trató de oír una respuesta, pero nadie le contestó; trató de descubrir a su salvador, pero fue inútil. «¿Será mi ángel de la guarda?», llegó a pensar.

Después de buscar infructuosamente por todas partes reanudó la marcha. Caminó fatigosamente. Tenía la boca como la lija; necesitaba beber algo, refrescarse con algo. Miró a su alrededor tratando de hallar un remedio y descubrió una especie de matorral plagado de grandes frutos violáceos. Se acercó a ellos; jamás había visto ese tipo de fruto. Arrancó uno y lo partió por la mitad; tenía una pulpa jugosa y blanda. Era lo que estaba necesitando para calmar su sed.

Cuando iba a acercar aquel fruto a su boca, otra flecha surcó el cálido espacio, atravesó el fruto de parte a parte y se lo arrancó violentamente de las manos.

Nico no entendía nada, pero ya no le quedaban fuerzas para intentar aclarar aquel extraño misterio. Esta vez ni siquiera gritó solicitando una explicación. Se dejó caer de nuevo en el suelo y se dio por vencido. Era inútil seguir preguntando. No volvería a moverse de aquel sitio.

Al poco rato de estar sentado, observó frente a él unos matorrales que comenzaban a moverse. Clavó su vista en ellos. Un brazo apartó algunas ramas con decisión y apareció un joven negro, más o menos de su edad. Su única vestimenta era un pequeño taparrabos sujeto con una cuerda de cáñamo. En una de sus manos llevaba un arco y a la espalda, en un rudimentario carcaj, unas cuantas flechas. Aquel joven, de aspecto fornido y bellas facciones, avanzó unos pasos hacia Nico y se quedó mirándole fijamente. Luego volvió su vista hacia el lugar donde su flecha, con aquel fruto atravesado, permanecía clavada. Tiró de ella y la desclavó, sacó con cuidado el fruto y se lo mostró a Nico.

—Es venenoso —le dijo—. Si lo hubieses comido, ahora estarías muerto.

Nico estaba atónito. Aquel muchacho de aspecto salvaje, hablaba en perfecto castellano y sus maneras no eran las de un salvaje. ¡Qué extraño era todo! Sentía ganas de preguntarle un montón de cosas, pero la sequedad de su garganta era insoportable.

—Por favor —le suplicó—. Tengo sed, tengo mucha sed. Necesito beber algo.

El muchacho negro tiró el fruto lejos de sí, se echó el arco a la espalda, agarró a Nico con sus fuertes brazos y le levantó.

—Ven conmigo —le dijo.

Nico, apoyándose con una mano sobre sus hombros, le acompañó renqueando. A poca distancia de allí encontraron una pequeña corriente de agua, que descendía entre una maraña de vegetación. Al ver el agua, Nico se abalanzó sobre ella, arqueó sus manos bajo aquellos hilillos reconfortantes y bebió con ansia una y otra vez. Después metió la cabeza entera bajo el agua. Sintió la más agradable de las sensaciones. No podía imaginar tanto placer por el mero hecho de beber y refrescarse bajo una fuente. Poco a poco recobró conciencia exacta de su situación; ya era capaz de pensar con mayor lucidez, y sobre todo deseaba conocer a aquel muchacho de su edad que le había salvado la vida.

—Gracias —le dijo—. Te debo la vida.

El muchacho negro se limitó a mirarle y a sonreír.

—Oye, manejas muy bien el arco —insitió Nico.

—Me enseñó mi padre.

—Y claro... —Nico quería saber todo lo que había pasado—, tú fuiste quien noqueó a los dos que me ataron.

—Sí.

Ante tanta generosidad, Nico sólo pudo sentir un inmenso agradecimiento y una creciente simpatía por aquel muchacho, que no dejaba de mirarle un solo instante y que sonreía sin cesar.

—¿Qué te hace gracia? —le preguntó finalmente.

—Tú.

—¿Yo? ¿Y por qué?

—Porque eres muy torpe —respondió el muchacho negro.

Nico sonrió también. Aquel chico tenía razón; él no sabía moverse en la selva. Se desenvolvía tan mal en aquel medio que causaba risa a quien estaba acostumbrado a vivir en él. Claro, que habría que ver a aquel muchacho en el centro de Madrid, o cualquier otra ciudad moderna. Sin duda resultaría también cómico. Sólo de pensarlo le dio la risa.

—¿De qué te ríes? —le preguntó el muchacho negro.

—¡Oh! De nada, de nada... —Nico no se atrevió a decirle que la causa de su risa era él.

—Si vienes conmigo a mi cabaña, podrás comer algo y descansar.

—Gracias. Te acompañaré. ¿Queda lejos el poblado?

—El poblado sí, pero mi casa no.

—¿No vives con el resto de tu tribu?

—No.

Como la última respuesta de aquel muchacho fue tajante, Nico no se atrevió a insistir. Sólo cuando llevaban un buen rato andando, le dijo:

—Me llamo Nicolás, pero todos me llaman Nico. ¿Y tú?

—Me llamo Senkaturé, pero todos me llaman Senka.

Se miraron un instante y se rieron con ganas.

—Me alegro de conocerte, Senka.

—Me alegro de conocerte, Nico.

Nico le tendió la mano, que Senka estrechó con la suya, y sin dejar de reír continuaron la marcha.

—Hablas correctamente el español —dijo Nico al cabo de un rato—. ¿Quién te enseñó?

—El padre Soler —respondió Senka.

Al oír aquel nombre, Nico se detuvo en seco. ¡El padre Soler! Casi lo había olvidado. El comandante Álvarez le había hablado de ello. Quería saber muchas cosas y mil preguntas le venían al tiempo a la mente. Senka, que adivinó su inquietud, le cogió del brazo y le hizo andar.

—Vamos a mi cabaña. Comeremos y después hablaremos mucho tiempo.

7

AMIGO SENKA

La cabaña de Senka no se encontraba lejos de allí. La había construido él mismo y estaba tan bien camuflada, en un lugar escarpado de abundante follaje, que era prácticamente imposible descubrirla. El joven negro, ágil y fuerte, fue tirando durante todo el camino de Nico, a quien las fuerzas le flaqueaban con claridad.

Senka apartó algunas ramas, que ocultaban la entrada de la cabaña, y condujo a Nico hasta el interior. Una vez dentro, le acomodó sobre un mullido jergón, confeccionado con un áspero tejido y hojas secas. Como estaba anocheciendo, encendió una lámpara de aceite que colgaba del techo: la estancia adquirió un tono rojizo pálido.

—Esta lámpara se la robé a Pierre —dijo sonriendo—. En la mina.

Nico iba a preguntarle que quién era Pierre y de qué mina hablaba; pero no le fue posible, ya que Senka salió de la cabaña a toda prisa. Aprovechó el momento para curiosear un poco. La cabaña estaba construida con troncos perfectamente ensamblados los unos con los otros, y cubierta con gruesas cañas, sobre las que había hojas de gran tamaño. Pensó que jamás sería capaz de construir algo semejante.

Al poco tiempo regresó Senka; traía una especie de bandeja de madera llena de comida. Al verla, Nico se incorporó del jergón de un salto.

—¿Tienes hambre? —preguntó Senka.

—¿Que si tengo hambre? ¡Qué pregunta! Me comería un elefante entero.

—La carne de elefante es muy dura —respondió Senka muerto de risa.

Los dos comieron abundantemente carne asada y frutas de toda clase. El descanso y la comida devolvieron a Nico gran parte de sus energías.

—Sólo necesito dormir unas horas para estar como nuevo —comentó tras la opípara cena.

—¿A qué esperas? —le respondió Senka señalándole el jergón.

—Y tú..., ¿dónde dormirás?

—Aquí mismo.

—¿En el suelo?

—He dormido mucho tiempo en el suelo. Mi cuerpo está acostumbrado.

—Gracias, Senka.

Nico se tumbó sobre el jergón cuan largo era. Senka cogió una manta vieja y la tendió sobre el suelo, luego apagó la lámpara de aceite y se acostó. La claridad de una luna llena, radiante, se filtraba entre las ramas y daba a la estancia un aspecto mágico y casi misterioso.

Después de un rato de silencio, a la mente de Nico retornaron aquellas preguntas que aún no había formulado a Senka.

—¿Duermes? —le preguntó.

—Aún no.

—Tampoco yo. Resulta que ahora no consigo conciliar el sueño.

—¿Te preocupa algo?

—No. Bueno... sí. Muchas cosas... Mi vida ha cambiado tanto en tan poco tiempo... Oye, Senka, tú... ¿perteneces a una de las tribus que viven aquí?

—Sí.

—En Malabo me dijeron que alguna tribu se había vuelto agresiva y peligrosa.

—Mi pueblo era pacífico, hasta que llegó Pierre...

De nuevo Senka volvía a pronunciar aquel nombre. ¿Quién sería Pierre? ¿Qué tendría que ver con lo que estaba pasando?

Nico deseaba más que nada conocer la historia de aquel muchacho, generoso y valiente, que le había salvado la vida. Por otro lado, Senka, que llevaba mucho tiempo viviendo en completa soledad, también deseaba poder abrir su corazón a un amigo, y ese amigo por fin estaba allí, en su propia cabaña, en su jergón; y a pesar de no ser de su tribu ni de su raza, le caía simpático.

Senka comenzó su relato remontándose unos años en el tiempo. Su tribu era pacífica, civilizada y trabajadora. El padre Soler no se había limitado a convencerles de la existencia de un Dios diferente de los suyos, sino que les había enseñado a cultivar los campos, a recolectar en época apropiada, a cuidar el ganado… Junto a la iglesia, bajo un cobertizo de cañas, fundó una pequeña escuela. Los pequeños, entre los que se encontraba Senka, descubrieron con asombro un lenguaje que podía ser representado con signos, por lo que también podía ser leído en cualquier momento y lugar. Y a través de ese lenguaje podían conocer otras muchas cosas, que jamás habían imaginado.

La dicha era grande y Taor, gran jefe de la tribu y padre de Senka, se sentía feliz y se declaraba amigo para la eternidad del padre Soler, que además conocía una extraña medicina que conseguía sanar a muchos enfermos, una medicina muy diferente de las artes de Rajnuk, el viejo hechicero, cuya influencia decrecía constantemente.

Tras varios años de trabajo, habían conseguido cosas realmente extraordinarias: el poblado había sido prácticamente reconstruido, convirtiendo las míseras chozas en grandes cabañas de madera. Gracias a un canal se había conseguido llevar agua hasta el mismo poblado, con lo que mejoró la higiene. Este hecho, unido a las buenas cosechas que acabaron con el hambre secular, hizo que disminuyese la mortalidad infantil y que la población aumentase considerablemente.

El gran jefe Taor y su familia eran muy felices y el pequeño Senka participaba de aquella dicha.

Cierto día llegó al poblado un hombre blanco llamado Pierre. Viajaba en un todo terreno y al principio nadie sospechó las calamidades que traería consigo. Fue recibido con hospitalidad —costumbre sagrada de aquel pueblo— por el gran jefe Taor y su familia. Pronto confesó claramente sus intenciones: si había acudido hasta aquel rincón perdido de Guinea Ecuatorial, era con el fin de explotar un yacimiento de diamantes, que según sus informaciones se encontraba cerca de allí. Además mostró gran interés por el *lutarmainé,* diamante mágico de la tribu, piedra de increíble belleza y de poderes extraordinarios, que se encontraba oculta en el fondo de una gruta, cuya ubicación sólo conocían Taor y Kutangondo, el hombre más anciano.

Pierre quería que todos los hombres de la tribu dejasen sus ocupaciones y se dedicasen a explotar la mina; a cambio ofrecía algunas baratijas traídas de Libreville. El padre Soler se opuso radicalmente y pronto surgieron los primeros enfrentamientos.

Pierre comprendió enseguida que nada tenía que hacer en aquel lugar mientras el padre Soler estuviese presente. Entonces comenzó a maquinar su plan. Se había dado cuenta de que el viejo hechicero Rajnuk era el único descontento del poblado, pues nadie creía ya en sus artes; por eso trató de ganarse su amistad, cosa que resultó muy sencilla. Desde ese momento, Rajnuk se puso decididamente al lado de Pierre y colaboró activamente en sus planes. Con promesas desmesuradas consiguió convencer a unos cuantos hombres, no más de una docena, y entre todos decidieron hacerse dueños de la situación. Pierre estaba muy seguro de vencer, ya que contaba con algo que había mantenido oculto en el interior del vehículo.

Una noche los conspiradores se reunieron en la cabaña de Rajnuk. Pierre, sonriente, explicaba a aquellos hombres sus intenciones. Cuando uno de ellos se atrevió a decir que sería muy difícil y peligroso llevar a cabo su plan, pues eran minoría, Pierre les condujo hacia su vehículo, abrió la puerta trasera y sacó un gran cajón de madera. Desclavó algunas tablas y aparecieron unos relucientes y modernos fusiles. Los distribuyó entre sus hombres y les enseñó su manejo.

Al amanecer pusieron en marcha su plan; se dirigieron sigilosamente a la iglesia e irrumpieron con violencia en la habitación del padre Soler. El sacerdote no tuvo tiempo de reaccionar, pues una bala certera y traidora acabó con su vida. El estampido sobresaltó a toda la tribu y de las distintas cabañas comenzaron a salir hombres y mujeres. El gran jefe Taor recomendó calma y al frente de su pueblo se dirigió hacia la iglesia.

—Pierre y su grupo les salieron al paso. Los fusiles causaron la natural inquietud, pues todos sabían los estragos que podían causar aquellos artefactos.

Taor preguntó por el padre Soler y Pierre, con gran desfachatez, le respondió que estaba muerto, que él le había matado y que haría lo mismo con todo que se opusiese a su voluntad. Indignado, Taor avanzó hacia Pierre; pero no pudo dar muchos pasos, pues un nuevo disparo de aquel hombre malvado le quitó la vida.

Cundió una confusión tremenda. Unos huían

despavoridos; otros lloraban ante el cuerpo de su jefe asesinado; los más valientes sucumbieron tratando de enfrentarse a Pierre y los suyos, que enseguida se dieron cuenta de que su plan había dado resultado. Aquel grupo armado dominó en pocos minutos a toda la tribu y con facilidad consiguieron reducir a los que aún ofrecían resistencia.

Al llegar a este punto del relato, la voz de Senka se quebraba una y otra vez. Recordar aquellos tristes días le turbaba. Nico pudo darse perfectamente cuenta y sintió hacia él una gran solidaridad, pues de alguna manera su experiencia era parecida: ambos habían perdido a sus padres de forma trágica; quién sabe si a manos del mismo hombre, el sanguinario Pierre.

—Lamento haberte hecho recordar —le dijo Nico.

—No lo lamentes. Desde aquellos días no había hablado con nadie. Contarte todo esto creo que me ha venido bien.

—¿Y tu madre?

—Pierre también la mató. Y a mis dos hermanas. Pretendía acabar con toda la familia del gran jefe para que no le saliesen competidores.

—Y tú..., ¿cómo escapaste?

—Bulanda me escondió bajo el suelo de la cabaña.

—¿Bulanda? ¿Quién es Bulanda?

—¡Bulanda! —Senka no pudo evitar un suspiro lleno de nostalgia—. Es la muchacha más hermosa de todo el poblado. Era mi prometida.

—Ella, ¿está bien?

—No lo sé. Por la noche salí de aquel escondite. Me ayudó a huir. Desde entonces no he vuelto a verla.

—Y Pierre..., ¿consiguió sus planes?

—Sí. Está explotando ese yacimiento de diamantes. Tiene a toda la tribu esclavizada. Han empezado a excavar en una montaña; los hombres trabajan de sol a sol, amenazados por los fusiles de esos traidores. Algunos han muerto al no poder soportar el ritmo de trabajo.

—Tú, ¿los has visto?

—A veces me acerco hasta allí. Escondido entre la maleza puedo observar sin que me vean, oigo incluso los gritos del hechicero Rajnuk, que se ha vuelto más salvaje que el propio Pierre, movido por un deseo terrible de venganza.

Nico pudo percibir que la emoción de Senka iba en aumento. Se incorporó un poco en el jergón y le miró. La luz de la luna iluminaba una lágrima en su mejilla.

8

EL POBLADO

Hacía tiempo que Nico no dormía tan plácidamente; en ningún momento extrañó aquel áspero colchón. Sólo la claridad del día, que se filtraba entre las ramas de la choza y por la puerta abierta de par en par, le despertó. Se estiró sobre el jergón y se incorporó despacio. Estaba solo.

—¡Senka! —gritó—. ¡Senka! ¿Dónde te has metido?

—¡Estoy aquí! —le respondió Senka desde el exterior.

Nico se levantó y volvió a estirarse. Percibió un olor que no le era del todo desconocido; olfateó repetidas veces. Sí, olía a comida. ¡Comida! Salió a toda prisa y se encontró a Senka agachado junto a una pequeña fogata, enganchando en unos palos un buen trozo de carne.

—¡Hum! —exclamó Nico—. ¡Qué bien huele!

—Como verás, no puedo ofrecerte mucha variedad de comida.

—Tiene un aspecto exquisito. ¿Qué es?

—Un ave. Parecida a esos animales que vosotros llamáis patos.

—Jamás he desayunado pato asado. ¿Y lo has cazado tú?

—Desde que escapé del poblado tengo que cazar para comer. Si estoy cerca de un río, también pesco. Y eso es todo. Mi dieta consiste en carne, pescado y frutas, que yo mismo arranco de los árboles. Todos los días lo mismo.

—Por lo menos tú eres capaz de conseguir tu propia comida, pero yo... moriría sin remedio. Ya hubiese muerto de no ser por ti.

—Algo muy importante te habrá impulsado a venir hasta aquí.

Senka giraba lentamente el pedazo de carne sobre el fuego; sus palabras revelaban el deseo de conocer algo más a su nuevo amigo. Nico se sentó junto a Senka y clavó su mirada en los rescoldos. El fuego siempre irradiaba un magnetismo que le atraía.

—Sí —respondió—. Me impulsó algo muy importante. Mis padres vinieron hace varios días a Guinea Ecuatorial, yo no pude acompañarlos porque tenía que ir al colegio. Un guía llamado Charles los acompañaba.

—¿Charles?

—Sí, así se llamaba. ¿Te dice algo ese nombre?

Senka bajó la cabeza y concentró su mirada en la carne que sostenía entre sus manos.

—¿Tus padres viajaban en el helicóptero destruido? —preguntó.

—Sí. ¿Qué sabes tú? —las palabras de Nico se llenaron de impaciencia.

—Yo... estaba escondido no lejos de allí. Pude ver lo que pasó.

—¿Y qué viste?

—Oí el ruido del helicóptero y me dirigí hacia allí. Pensé que podría encontrar alguna persona que me ayudase. Cuando llegué al lugar, me escondí para ver de quién se trataba. Había dos hombres blancos.

—Charles y mi padre —apostilló Nico.

—Una mujer.

—Mi madre.

—Y dos hombres negros, de la ciudad.

—Sí, eran ellos.

—Comenzaron a descargar cosas del helicóptero; iban a instalarse en aquel claro. De pronto llegó él.

—¿Quién?

—Pierre. Le acompañaban algunos de sus hombres. Todos iban armados.

Senka se detuvo un instante, apartó la carne del fuego y la depositó sobre la bandeja de madera. Era como si pretendiese interrumpir su relato, pues de alguna manera comprendía que su amigo podría sufrir con sus palabras.

—¿Qué ocurrió, Senka? —preguntó Nico, ansioso por conocer lo sucedido.

—Comamos algo.

—¡No quiero comer ahora! Por favor, Senka, cuéntame todo lo que viste.

Tras un breve lapso, Senka continuó hablando.

—El hombre llamado Charles reconoció a Pierre.

—¿Eran amigos?

—No; al contrario. Se gritaron mutuamente y se amenazaron.

—¿Qué dijeron?

—No sé, hablaban otra lengua. El hombre llamado Charles se volvió al otro hombre blanco y le dijo: «Le conozco. Se llama Pierre y es un asesino buscado por la policía de varios países. Trafica con armas y está metido en muchos negocios sucios». Eso dijo.

—¿Y después?

—Pierre disparó por la espalda al hombre llamado Charles. Luego preguntó al otro que quién era y qué hacía allí. Los dos hombres negros entonces intentaron huir. Hubo un tiroteo. Tuve miedo y me alejé del lugar. Cuando volví por la noche, vi que habían incendiado el helicóptero. Junto a los restos, estaban los cuerpos del hombre blanco llamado Charles y de los dos negros.

—¿Y mis padres?

—No estaban.

El relato venía a completar en parte la historia que Nico ya conocía. Ahora sabía quién había atacado el grupo; sin embargo, el más absoluto misterio seguía rodeando la desaparición de sus padres.

—¿Qué crees que les ha sucedido? —preguntó tras unos instantes de silencio.

Senka bajó la cabeza.

—Pierre los habrá matado también.

—¿Cómo puedes saberlo tú? —Nico estaba irritado, se rebelaba a aceptar aquel presentimiento de su amigo.

—Es un asesino sin escrúpulos. No dejaría en libertad a tus padres porque le denunciarían a las autoridades.

—Pero tal vez los tenga prisioneros en el poblado. No sé..., a lo mejor obliga a mi padre a trabajar en la mina...

—Tus padres sólo causarían problemas a Pierre, y él no quiere problemas.

—Entonces..., ¿crees tú que...?

—Yo no creo nada.

—Pero me has dicho que...

—Sólo pude ver lo que te he contado, nada más.

Senka partió un trozo de carne asada y se lo tendió a Nico, que lo cogió como un autómata y comenzó a comer. En silencio, sin mirarse, engulleron aquella carne. Al terminar, Nico se quedó pensativo, miró a Senka, que seguía sin atreverse a levantar la cabeza. «Senka es un buen chico —pensó—, sufre al verme sufrir.»

—Se me está ocurriendo una idea —le dijo.

—¿Cuál?

—Vayamos al poblado.

—¡Estás loco! ¿Quieres que nos maten?

—No; escucha: nos acercaremos sin ser vistos...

—Es peligroso. Ellos vigilan día y noche.

—Pero no podemos quedarnos cruzados de brazos. Tenemos que hacer algo.

—Está bien... Iremos.

—Podremos vigilar sus movimientos. Tal vez descubramos algo.

La distancia que separaba la choza de Senka del poblado no era muy grande; sin embargo, los muchachos tardaron más de tres horas en recorrerla. Adoptaron muchas precauciones, pues temían encontrarse con hombres de Pierre. En ocasiones dieron rodeos y caminaron por arroyos para no dejar huellas. Además, Senka no podía caminar muy deprisa, pues Nico, no acostumbrado a aquel terreno, tenía dificultades para seguirle.

—No sé cómo puedes moverte con tanta facilidad —le comentó en un descanso—. Pareces un gato.

Aquella comparación debió de hacer mucha gracia a Senka, pues comenzó a reírse de buena gana.

—¿Qué te ocurre? ¿De qué te ríes? ¿Qué te ha hecho gracia?

—¿Un gato es una leopardo pequeño?

—Más o menos.

—El padre Soler tenía un libro donde se veía un gato y otros animales raros.

¡Qué cosas! Para aquel muchacho un gato era un animal raro; sin embargo, un leopardo o un elefante eran algo muy normal y corriente.

—¿Pero de qué te ríes? —preguntó Nico sorprendido por las carcajadas de su amigo.

—Si yo parezco un gato, ¡ja, ja, ja! —dijo sin poder contener la risa—, tú pareces un avestruz.

—¿Un avestruz?

—Sí. ¡Ja, ja, ja!

—¿Por qué?

—Por... por... ¡ja, ja, ja! Por tu forma de pelear.

Sin duda, Senka había visto cómo Nico peleó

con aquellos dos negros que pretendían capturarle. Sus movimientos y sus golpes de kárate le habían hecho mucha gracia, pues jamás había visto algo parecido. El hecho de recordarlo le causaba una estrepitosa risa.

—Si quieres, puedo enseñarte a pelear de esa forma.

—¡Oh, no! No quiero parecer un avestruz.

A Nico se le contagió la risa de Senka y los dos rieron con ganas durante largo rato.

Después del descanso continuaron la marcha. A veces atravesaban lugares fantasmagóricos, repletos de troncos gigantescos y cubiertos por un tupido manto de ramas y hojas que les ocultaba la luz del sol. Otras veces caminaban por lugares donde los árboles eran de menor tamaño y más dispersos; entonces, andar era mucho más difícil, pues el suelo estaba repleto de vegetación.

—¿Eres capaz de orientarte en este lugar? —preguntó Nico.

—Es sencillo.

—¿Sencillo? ¡Pero si todo es igual!

Senka se limitó a sonreír ante la sorpresa de su amigo. A medida que se aproximaban al poblado extremaron las precauciones. Caminaban despacio, sin meter ruido; hablaban en voz baja y miraban constantemente a su alrededor. Subieron a una pequeña colina arrastrándose; desde lo alto podía divisarse perfectamente todo el poblado.

—No te levantes —advirtió Senka—. Quédate tumbado todo el tiempo.

Durante un rato permanecieron en silencio, observando desde lejos. El poblado parecía tranquilo; sólo algunas mujeres y niños de corta edad estaban atareados en labores domésticas.

—Los hombres están en la mina —dijo Senka.

A Nico le llamó la atención una cabaña más grande que las demás, pero en lamentable estado de conservación, pues le faltaba parte del tejado y uno de sus laterales estaba muy estropeado. Un hombre armado —el único visible en el poblado— la vigilaba constantemente.

—¿Qué es? —preguntó.

—La iglesia, o lo que queda de ella.

—¿Y ese hombre?

—Es un traidor, está con Pierre.

—Pero... ¿qué hace allí? Parece estar vigilando algo.

—No sé.

Senka fue mostrando a Nico su poblado.

—En aquella cabaña nací y viví hasta que Pierre llegó. La construyó mi padre con sus propias manos. Ahora Pierre se ha instalado en ella. En aquella otra vivía Bulanda. ¡Bulanda! ¿Qué habrá sido de ella? Muchas veces pienso que Pierre pudo descubrir que me ayudó a huir; si fue así... ¡Pobre Bulanda!

—No seas pesimista. Tal vez ella esté ahora mismo cerca de aquí, en algún lugar...

De una de las cabañas salió un extraño personaje. Era un hombre de edad, enjuto y desgarbado, y vestido de forma estrafalaria, con gran cantidad de collares y abalorios colgándole de cualquier parte del cuerpo. Llevaba la cara pintada con colores chillones, lo mismo que los brazos y las piernas. Al andar, agitaba una serie de palitos que llevaba atados a la cintura y que producían un repiqueteo similar al de los cascabeles.

—¿Quién es ése?

—Rajnuk.

—¿El hechicero?

—El mismo. Ahora se ha vuelto a sentir importante. No se da cuenta de que es respetado sólo porque temen a Pierre.

Observaron detenidamente a Rajnuk. Al salir de la cabaña, cerró la puerta por fuera, atravesando un grueso madero de parte a parte, y se aseguró de que quedaba bien cerrada. Luego caminó en dirección a la vieja iglesia, habló algo con el guardián que la custodiaba y entró.

—¿Qué habrá en la iglesia?

—No sé, pero algo deben de guardar allí; tal vez armas.

—O los diamantes que sacan de la mina.

—Diamantes no.

—Podría ser.

—No hay diamantes en la mina.

—¿Entonces?

—Pierre se ha creído una vieja leyenda que asegura que en nuestro territorio existe un yacimiento de diamantes. Es una leyenda falsa. El único diamante es el *lutarmainé*.

—¿Y la mina?

—Por mucho que excaven no encontrarán nada.

—¿Qué es el *lutarmainé*? —preguntó Nico intrigado.

—Vámonos ya. Nos pueden descubrir.

Los dos muchachos descendieron de la colina sigilosamente y poco a poco se fueron alejando del poblado. Les esperaba una larga caminata hasta la cabaña de Senka.

9

EL *LUTARMAINÉ*

Era media tarde cuando iniciaron el regreso. Durante el camino de vuelta, Nico recordó aquella extraña palabra que Senka había pronunciado cuando estaban en el poblado.

—¿Qué es el *lutarmainé*?

—Es una piedra mágica, una piedra sagrada.

—¿Y qué clase de piedra es?

—Un diamante. El más hermoso de los diamantes.

—¿Y dónde está?

—El gran espíritu depositó el *lutarmainé* en la gruta Monga-tanga, que quiere decir «gruta del mediodía».

—Es un nombre extraño para una gruta.

—El gran espíritu lo quiso así. Ahora yo debo encontrar el *lutarmainé*.

—¿Tú? ¿Para qué?

—Sólo podré liberar a mi pueblo si consigo el *lutarmainé*. Él me hará poderoso. Con él venceré a Pierre.

—Es muy raro lo que me dices.

—A mí no me parece raro.

—Ya, pero... ¿dónde está esa gruta del mediodía o como se llame?

—No lo sé.

—¿Entonces...?

—Sólo el gran jefe y el hombre más anciano conocen el lugar. El gran jefe, mi padre, murió y no pudo transmitir el secreto a su descendiente, su hijo Senka.

—¿Y el más anciano...?

—Kutangondo. Pierre lo tiene prisionero; pretende que le revele el lugar donde se encuentra la gruta Monga-tanga.

—A lo mejor Kutangondo ya ha revelado el secreto.

—No; Kutangondo morirá antes de revelar el secreto a Pierre.

—¿Seguro?

—Solamente a mí, hijo del gran jefe, me revelará el secreto.

—Supongamos que consigues esa piedra mágica, ¿qué pasará entonces?

—Seré invencible.

Nico se había contagiado del atractivo increíble de aquella historia que le contaba su amigo. Por un momento había llegado a creer que todo era verdad, como en los libros de aventuras fantásticas que con tanta afición leía. Pero pronto cayó en la cuenta de que aquello no era más que una vieja leyenda de la tribu, que como otros pueblos primitivos adoraban piedras y objetos. Por eso trató de apartar aquellas ideas de la mente de Senka.

—Creí que el padre Soler os había enseñado a no creer en esas cosas.

—Lo hizo.

—Lo que dices no tiene sentido entonces.

—Lo sé, pero no tengo más remedio que creer en las viejas leyendas de mi pueblo.

A Nico le sorprendieron las palabras de Senka. ¿Qué quería decir? ¿Por qué estaba obligado a creer en esas leyendas absurdas de piedras mágicas?

—No te entiendo —le dijo.

—Mi pueblo siempre ha creído en el *lutarmainé*. Tal vez sólo sea una leyenda. Pero yo me pregunto: ¿por qué el Dios del padre Soler y el tuyo no puede permitir que exista el *lutarmainé*, en el que mi pueblo siempre ha creído?

—No, si dicho así...

Nico se estaba haciendo un pequeño jaleo, pero intuía que poco a poco iba comprendiendo a su amigo. Claro, lo que había querido decir era más o menos lo que en España se expresa con esa frase que dice «agarrarse a un clavo ardiendo». Eso es, cuando uno se ve acorralado, perdido, se agarra donde sea. Era lo que había hecho Senka. El *lutarmainé* era su único asidero; por consiguiente, sería mejor dejarle tranquilo.

Pero aunque trató varias veces de cambiar la conversación, no lo consiguió. No podía apartar de su mente aquella palabra tan extraña. La deletreaba una y otra vez: «lu-tar-mai-né». ¡Qué demonios! No hacía más que pensar en las palabras de Senka; era todo tan extraordinario.

—¿Y por qué el *lutarmainé* está oculto? —a Nico se le escapó la pregunta. No quería hacerla, no quería insistir sobre el asunto; pero... su curiosidad le había traicionado.

—El gran espíritu así lo quiso. Sólo cuando todo mi pueblo esté en peligro, una persona podrá apoderarse de él. Con el *lutarmainé* será invencible y librará a la gente de todos los peligros.

—¿Y después?

—La leyenda dice que el *lutarmainé* pertenecerá para siempre a esa persona, que habrá demostrado ser valiente y generosa.

—¿Y qué más? —a Nico había acabado por entusiasmarle aquella historia.

—No sé más. Sólo Kutangondo conoce todos los secretos.

Y en esas conversaciones llegaron a la cabaña de Senka.

Nico se quedó con las ganas de seguir haciendo preguntas, pero se encontraba tan fatigado después de tan larga caminata que le faltaba aliento para seguir hablando. Se dejó caer de bruces sobre el jergón.

—¿Estás cansado? —preguntó Senka.

—Sí, no estoy acostumbrado a caminar por este terreno.

—Pronto te acostumbrarás.

Luego, Nico se miró los brazos y otras partes del cuerpo: estaba lleno de picaduras. Miró a Senka y vio que su piel estaba limpia, sin ninguna señal.

—¿A ti no te pican los insectos?

—No —respondió Senka tan tranquilo.

—¿Y por qué?

—Espera —sonriendo, Senka cogió un recipiente de madera.

—¿Qué es?

—Con esto no te picarán.

Mientras Nico descansaba sobre el jergón, Senka le untó por todo el cuerpo una grasa maloliente, que tenía la propiedad de repeler a todos los insectos.

—No sé qué será peor, si las picaduras o este olor...

—Elige.

Como no habían probado bocado en todo el día, sus estómagos comenzaron a protestar ruidosamente. Senka volvió a encender una fogata y sobre unas rudimentarias trébedes colocó algunos pedazos de carne, que se asaron lentamente.

A mitad de la comida, o mejor la cena, por la hora que era, comenzó a llover. Era uno de esos chaparrones que casi todas las tardes descargaban sobre el lugar. Tuvieron que guarecerse en la choza apresuradamente y terminar allí de comer.

Tras el aguacero se producía una calma agradable; por unos instantes parecía que el aire se refrescaba un poco, que el calor no era tan intenso y sofocante, y los ruidos, esos ruidos constantes de la selva, se acallaban un poco. Eran unos instantes deliciosos, breves, que Nico apreciaba enormemente.

—¿Siempre llueve al atardecer? —preguntó Nico.

—Casi siempre.

—Es fantástico.

—¿Por qué es fantástico?

Nico trató de explicarle, le habló de un montón de cosas: de la belleza, de los olores, de los ruidos, de la lluvia... Era inútil; Senka nunca lo comprendería;

pertenecían a mundos distintos, muy distintos. Por un momento le pareció imposible que en el mismo planeta existiesen dos seres con experiencias vitales tan divergentes.

—¿Sabes dónde está mi país, España?

—¿España? Pues... supongo que estará al otro lado de los montes de Cristal.

—No, eso es Gabón. España está muy lejos, en otro continente. Tu país perteneció a España durante muchos años.

— ¡Eso es falso! —protestó airadamente Senka—. Mi pueblo siempre ha sido libre. No hemos pertenecido a nadie.

Nico comprobó que con Senka de nada servían sus esquemas mentales y su cultura. Su amigo era mucho más rudimentario; solamente podía entender cosas lógicas, cosas que pudiesen verse y tocarse. Las pequeñas tribus de aquella zona, incluso, habían permanecido secularmente al margen del resto de Guinea Ecuatorial; ni siquiera tenían conciencia de pertenecer al país, de formar una nación, con bandera, himno y todo lo demás. ¿Para qué necesitaban una nación? La selva era su patria y su madre; ella los había conformado y les proporcionaba lo necesario para subsistir.

Sin darse cuenta, la noche había caído; se estaba muy a gusto tumbado en el interior de aquella choza, a la luz de una lámpara de aceite, charlando con una persona tan extraordinaria como Senka, que, aunque medianamente alfabetizado, no podía desprenderse de sus raíces ancestrales. Además, gracias a esa maloliente grasa, los mosquitos habían dejado de picarle.

Pero la conversación, que saltaba de una cuestión a otra, fue derivando hacia lo que a ambos más preocupaba: Pierre, los hombres esclavizados, los padres de Nico desaparecidos... Y a medida que volvían a entrar en el tema, la angustia se iba apoderando de ellos.

—Lo siento, Nico. Yo sé que perder a los padres así es muy duro.

—Gracias, Senka.

Y si sus padres habían sido asesinados por Pierre y los suyos..., ¿qué hacía en aquel lugar? Él solo no podría castigar a los culpables. ¿No sería mejor regresar a Malabo y denunciar lo ocurrido?

—Mañana me iré.

—¿Adónde?

—No lejos de aquí hay una pequeña ciudad llamada Nsok. Llegaré a ella y pediré ayuda a la embajada de mi país en Malabo.

—¿Vendrán a buscarte a Nsok?

—Sí.

—Entonces... mañana nos despediremos.

—¿Por qué hemos de despedirnos? Tú vendrás conmigo. En Nsok podrás denunciar a la policía lo que le ha ocurrido a tu pueblo. Yo seré tu testigo.

—No.

—¿Por qué no?

—La policía siempre nos trata muy mal. Nos desprecian.

—No debes presuponer algo que no sabes.

—Además, en la ciudad hay gentes malas, gentes que nos persiguen.

—¿Por qué motivo?

—Para convertirnos en esclavos y vendernos.

A Nico le dejaron helado las palabras de Senka. ¿Sería posible que aún ocurriesen tales cosas? Recordó algunos periódicos que a veces hablaban de ello. Desde España todo parecía tan lejano...

—Siento que ocurran esas cosas —se lamentó Nico.

—Te acompañaré hasta las cercanías de Nsok.

—No; iré solo. Ya me oriento mucho mejor.

—Puedes perderte.

—Contigo he aprendido muchas cosas. Bastará con que me indiques la dirección que debo seguir para llegar a Nsok.

Senka no respondió a las palabras de Nico, se acomodó sobre su áspera manta y trató de conciliar el sueño.

10

Un libro conocido

Senka insistió una y otra vez en acompañarle; pero Nico, quizá para demostrarle que no tenía miedo, se negó a aceptar su ayuda. De pronto le habían entrado muchas prisas por volver; sentía remordimientos por su mala conducta con el comandante Álvarez, que tanto había hecho por él. El pobre debía de estar disgustadísimo.

Senka le condujo hasta un lugar elevado, desde el que se divisaba un amplio paisaje. Extendió su brazo en una dirección y lo mantuvo mucho tiempo inmóvil, como si de esta forma se asegurase de que su amigo le entendía perfectamente.

—En esta dirección —le dijo—. Siempre tendrás que caminar en esta dirección.

—¿Hay mucha distancia hasta Nsok?

—No; pero si no caminas siempre en esta dirección, acabarás perdido.

—Lo tendré presente.

Nico contempló la posición del sol y trató de orientarse. Parecía sencillo. El este, el oeste, el norte, el sur... Todo era muy simple. El brazo de Senka señalaba exactamente hacia el noreste; pues bien, bastaría mantener esa dirección para llegar a Nsok. Si Senka se negaba a ir con él a la ciudad y a denunciar lo ocurrido a la policía, no iba a consentir que le acompañase, como si fuese su guardaespaldas, o su angelito de la guarda. No y no. Tenía que demostrarle que no sentía miedo.

—Entonces... nos despediremos aquí.

Los dos muchachos se miraron un rato en silencio. Realmente era una pena; habían empezado a caerse bien mutuamente, y la prematura despedida los entristecía. Quizá por eso Senka se despidió de una forma brusca, que dejó a Nico un poco confundido, y en unos segundos se perdió entre la maleza.

Nico emprendió la marcha hacia Nsok. Era sencillo, siempre al noreste. A los pocos minutos había descendido de la colina y se encontraba en plena selva. Ahora, mantener la dirección correcta iba a ser mucho más complicado. Todo volvía a ser igual, idéntico, y el sol era ocultado casi por completo por esos árboles tan grandes y extraños, de troncos derechos, estilizados, como si se esforzasen extraordinariamente para alcanzar los rayos del sol.

Había momentos en que, a pesar de sus esfuerzos, no conseguía situarse. ¿Seguiría caminando en la dirección correcta? ¿Se habría perdido, como le había advertido Senka? Las dudas comenzaron a asaltarle. Había sido demasiado orgulloso, nunca debió despreciar la ayuda de Senka. Le estaba bien empleado, así aprendería a ser más humilde en otra ocasión. Pero... ¿se presentaría otra ocasión? ¿Podría salir de aquella selva por sus propios medios? De pronto comenzó a sentir un miedo que hasta entonces no había experimentado. Pensó en todos los peligros que podrían acecharle: podía beber sin darse cuenta agua corrompida, él no sabía distinguirla de la potable, como Senka; podía ser mordido por una serpiente venenosa; podía ser devorado por una fiera salvaje; podía morir de hambre y agotamiento; podía volverse loco... Trató de apartar aquellas horribles ideas de su mente y apretó el paso.

Tras varias horas de marcha llegó a un lugar distinto. Por fin había conseguido librarse de los árboles gigantescos. Ahora el paisaje era muy diferente, más abierto, podía divisar de nuevo el sol. «¡Por fin! —pensó—. Ya debo de estar muy cerca de Nsok.»

Miró la posición del sol y volvió a orientarse:

este, oeste... Recordó la dirección: siempre al noreste. Lo malo era que ahora el suelo estaba encharcado, sus pies se hundían hasta los tobillos una y otra vez en el lodo. Andar resultaba muy dificultoso; sentía que los zapatos pesaban una barbaridad. Más de una vez cayó aparatosamente, quedando cubierto de cieno. Su aspecto era lamentable, pero lo peor era que apenas conseguía avanzar.

De pronto, el suelo cedió bajo sus pies. ¿Qué era aquello? No podía casi mover las piernas, el terreno se había convertido en una masa viscosa que le engullía poco a poco. Trató de salir, agitó violentamente su cuerpo en una y otra dirección, pero sólo consiguió hundirse más. La arena cenagosa le llegaba ya a la cintura. ¿Qué hacer? Trató de agarrarse a unas ramas medio podridas que había cerca de allí, pero cuando tiró de ellas con la esperanza de salir, se quebraron.

«Ahora sí que estoy perdido», pensó.

Su desconocimiento del terreno le había hecho caer en una fosa de arena movediza y salir era una empresa imposible. Recordó a Senka, sus consejos, sus advertencias. «Soy un estúpido arrogante, ¿qué pretendía demostrarle?»

Cuando más angustiado se hallaba, sintió un golpe a su espalda. Volvió la cabeza y vio el cabo de una liana, que se perdía entre unos árboles. Se volvió como mejor pudo y agarró el extremo de aquella liana. Comprobó que resistía, que no estaba suelta. La cogió con ambas manos y tiró fuertemente. Su cuerpo se desplazó un poco. Siguió tirando y avanzando, y ganó el terreno firme, sólido, seguro. Sus pies volvían a encontrar resistencia, ahora ya se podía impulsar con todo su cuerpo.

Finalmente consiguió salir de aquel lugar. Permaneció unos segundos inmóvil, con la liana entre sus manos, respirando profundamente. ¿Habría sido casual la caída de aquella liana, o alguien la había lanzado a propósito para salvarle?

De pronto tuvo una corazonada.

—¡Senka! —gritó—. ¡Senka! ¡Senka!

Se movieron algunos matorrales y apareció Senka. Sonreía pícaramente, como diciendo a su amigo: «Te está bien empleado por hacerte el valiente».

—¡Oh, Senka! —Nico se había emocionado ante la visión de su amigo—. No sé qué decir. ¡Qué tonto he sido!

—No; tú no eres tonto, eres valiente.

—¡Qué va! Si estaba muerto de miedo.

—No; tú eres valiente por haber venido hasta aquí desde tu lejano país. Eres valiente y mi pueblo admira a los valientes.

—Yo sí que te admiro, Senka. Eres tan generoso… Nunca podré olvidar lo que has hecho por mí.

Senka se acercó a Nico y le miró. Su aspecto era

lamentable: todo lleno de barro, sudoroso, con rasguños por los brazos y la cara.

—Necesitas una buena ducha —le dijo.

—¿Pero tú sabes lo que es una ducha?

—Claro que sí.

—¿En el poblado teníais duchas?

—¡No! —respondió Senka entre carcajadas—. ¿Para qué necesitábamos duchas en el poblado? Pero cerca de aquí hay una muy buena.

—Te ríes de mí.

—Que no. Ven conmigo.

Senka cogió a Nico y le sacó del lugar. Anduvieron un rato y llegaron a un sitio rocoso. Nico tenía que hacer verdaderos esfuerzos para caminar, pues la arena adherida a su cuerpo le molestaba mucho.

—Espera, Senka, no corras.

—¿Correr? Si voy a paso de tortuga.

—No puedo seguirte. Me sale arena hasta por las orejas, se me clava por todo el cuerpo.

—Estamos llegando.

—¿Adónde?

—A la ducha, ¿lo has olvidado?

Ascendieron unos metros por las rocas y luego volvieron a descender. De pronto comenzó a oírse un fuerte sonido de agua corriendo.

—¿Oyes? —preguntó Senka.

—Sí; es un río.

—Es una ducha —y volvió a reírse.

Tras sortear unas grandes rocas apareció ante su vista un lugar realmente extraordinario: una cascada se rompía impetuosamente por una gran pared rocosa. Con gran estruendo, el agua iba cayendo entre nubes de espuma y formaba una especie de embalse natural, que a su vez volvía a romperse en sucesivas gradas hasta llegar al cauce del río.

—¡Oh! —Nico quedó extasiado ante aquel paisaje, y aunque quería expresar muchas sensaciones al mismo tiempo, no fue capaz de decir nada.

—Aquí tienes —le dijo Senka—. Ésta es mi ducha favorita.

—Pero... ¿podremos meternos ahí debajo?

—No en el centro, pero sí por los lados.

—Pues... ¿a qué esperamos?

Caminaron junto al agua, sortearon rocas resbaladizas y llegaron a la cascada. El ruido era ensordecedor y tenían que gritarse para poder hablar.

Nico miró hacia arriba, hacia la rompiente. ¡Qué maravilla! Jamás había visto algo igual. El agua se precipitaba majestuosa y juguetona a la vez.

—¡Es fantástico! —exclamó.

—¿Qué?

—¡Que es fantástico!

Se desnudaron y se bañaron durante un buen rato. Aquel lugar producía un sinfín de sensaciones a la vez. Los dos muchachos nadaban y jugaban bajo los chorros impetuosos del agua.

—Cuando lo cuente en España, no se lo van a creer.

—¿Por qué no?

—Es todo tan increíble…

—A mí no me lo parece.

—¿Qué?

—¡Que a mí no me lo parece!

Cansados de chapotear, salieron del agua. Nico lavó su ropa, que estaba aún llena de arena, y la tendió al sol. Luego, se tumbaron para secarse.

—Me gusta este sitio.

—Es mi lugar favorito. Me gusta venir solo, bañarme, contemplar el agua...

—Espero que mi presencia no te impida disfrutar como en otras ocasiones.

—No; también me gusta compartirlo.

Realmente se estaba muy bien allí, tumbado al sol, sintiendo el frescor del agua y ese susurro monótono, encantador, sedante... Los dos muchachos se habían olvidado por unos instantes de sus muchas preocupaciones, como si aquella tupida cortina de agua les impidiese recordar.

No tardaron en secarse las ropas de Nico. Mientras se vestían, Senka le preguntó algo.

—¿Qué piensas hacer?

—Pues... estoy confuso. Creo que debo intentar llegar a Nsok. ¿Qué otra cosa puedo hacer si no? Eso sí, espero que tú me acompañes.

Senka bajó la cabeza; de pronto recordó que había estado ocultando algo muy importante a Nico, y era preciso confesarlo ahora.

—Verás... yo...

—¿Ocurre algo?

A Senka le costaba mucho trabajo reconocer que había ocultado algo a su amigo. Era una especie de traición a la amistad, valor supremo de su pueblo. No obstante, se aclaró un par de veces la garganta y habló con resolución.

—Cuando decidiste ir solo a Nsok, yo te seguí para protegerte.

—Lo sé, y te lo agradeceré siempre.

—Pero además hay otro motivo.

—¿Cuál?

Senka cogió un paquete que había llevado atado a la cintura y se lo entregó a Nico.

—Toma. Ábrelo.

Intrigado, Nico lo abrió, y lo que descubrió en el interior le produjo una emoción indescriptible. Era un libro, pero... ¡qué libro! Él había regalado aquel libro a su padre pocos días antes de que saliesen hacia Guinea Ecuatorial. Lo abrió con delicadeza y leyó la dedicatoria que él mismo había escrito:

«A mi padre, el mejor médico del mundo.
Con mucho cariño, NICO».

Sintió un estremecimiento que le recorrió todo el cuerpo. Senka se dio cuenta y prosiguió con sus explicaciones.

—Hace días sorprendí cerca de mi cabaña a un hombre de Pierre. Me escondí y le ataqué por sorpresa. Peleamos y pude vencerle. Entre las cosas que llevaba estaba este libro. Creí que era uno de los libros que el padre Soler tenía en la iglesia. Me quedé con él porque me gusta mucho leer.

—¿Sabes leer en mi idioma?

—Sí; me enseñó el padre Soler en la escuela. Iba a comenzar a leerlo cuando llegaste tú. Poco a poco me di cuenta de que el libro era de tu padre.

—¿Por qué no me lo dijiste?

—Pensé que te causaría dolor... Por eso no lo hice. Pero cuando te marchaste a Nsok, me remordía la conciencia, pues no había sido sincero con mi amigo.

Nico comenzó a pasar las hojas de aquel libro con emoción, como si el tacto del papel le devolviese la presencia de su padre. De pronto, sus ojos se fijaron detenidamente en algo.

—¿Has visto esto, Senka?

—¿Qué es?

—¡Es la letra de mi padre!

—Ah, sí; yo vi esos garabatos, pero no entendí nada.

—Es que los médicos escriben muy deprisa.

Había varias hojas escritas en los márgenes. Nico las fue leyendo ávidamente al tiempo que su rostro se iba iluminando de esperanza.

—¿Qué dice? —preguntó Senka intrigado.

—Habla del viaje, del ataque de Pierre y de la muerte de su amigo Charles. Habla de mi madre y de... una prisión. Hay una fecha: veinte de mayo.

Miró su reloj-calendario para cerciorarse del día en que vivían. Luego calculó el tiempo que hacía que sus padres habían salido de Madrid y pudo deducir con facilidad que aquellas frases habían sido escritas tres días después del ataque al helicóptero. Eso quería decir que Pierre no los había matado, al menos durante los tres primeros días. Tuvo una corazonada.

—¡Están vivos! —gritó—. ¡Mis padres están vivos! Tengo que encontrarlos.

—¿Y Nsok...?

—No puedo marcharme sabiendo que ellos están aquí, en algún lugar, prisioneros de Pierre.

Senka sonrió a su amigo; de alguna manera le complacía seguir contando con su compañía. Y..., ¿por qué no?, los dos podían unirse contra Pierre, al fin y al cabo el enemigo era el mismo para ambos.

11

ESCARAMUZAS

Aquella noche, en la cabaña de Senka, los dos muchachos tardaron en dormirse. Hablaban animadamente, elaboraban diversos planes y estrategias para enfrentarse a Pierre y sus hombres. Y el asunto era complicado, ya que sólo eran dos jovencitos desarmados frente a un grupo de hombres hechos y derechos, armados con fusiles y pistolas. Pero era tanto su entusiasmo que nada los detenía.

—Tenemos que atacar por sorpresa —decía Nico.

—Sin ser vistos.

—Atacar y huir. Todo muy rápido.

—¡Eso es! Si nadie nos descubre, te aseguro que conseguiremos grandes cosas. Mi pueblo es muy supersticioso. Si los traidores de Pierre no ven a quien los ataca, pensarán que se trata del gran espíritu, que quiere castigarlos por su traición.

—¡Eso sería fantástico!

—Por tanto, hagamos lo que hagamos, tenemos que procurar no ser vistos.

En la cabeza de cada muchacho bullía un montón de ideas. Todo parecía sencillo. ¿Sería igual en la realidad? Muy pronto tendrían que comprobarlo.

A la mañana siguiente decidieron, como primera actuación, dirigirse hacia la mina, donde los hombres sometidos por Pierre trabajaban de sol a sol en condiciones inhumanas. Se levantaron muy temprano y caminaron largo rato. Senka llevaba sujeto a la espalda su arco y algunas flechas; Nico, en un cuenco fabricado con tallos entrelazados, transportaba algunos víveres. Al aproximarse a la mina, extremaron las precauciones: caminaron en silencio, agachados, ocultándose constantemente.

A pesar de sus muchos cuidados, a punto estuvieron de toparse de frente con un hombre de Pierre. Sin duda se trataba de un centinela, encargado de dar la voz de alarma en cuanto observase algo anormal por los alrededores de la mina. Al verle, los dos muchachos se arrojaron al suelo y permanecieron inmóviles, conteniendo la respiración. El guardián, con su fusil entre las manos, pasó muy cerca de ellos, pero por suerte no los descubrió. Esperaron un rato en el suelo hasta que se cercioraron de que se había alejado lo suficiente y caminaron a gatas, entre una vegetación que los cubría por completo.

Poco a poco comenzaron a oír diferentes sonidos. Por un lado, gritos violentos que Nico no podía entender.

—¿Oyes? —preguntó Senka.

—Sí; pero no entiendo lo que dicen.

—Hablan en mi lengua. Es Rajnuk.

—¿Y qué dice?

—Los amenaza.

—¿Por qué motivo?

—Dice que deben trabajar más deprisa. No perder tiempo. También dice que castigará a quien no le obedezca.

Siguieron avanzando a rastras. Podían percibir más claramente los gritos, que se mezclaban con golpes secos, como si chocasen varias piedras. Senka, por señas, condujo a Nico a un lugar un poco más elevado, donde habían sido amontonados varios troncos de árboles, que los hombres de Pierre habían talado para facilitar la excavación. Se deslizaron entre los troncos y se ocultaron entre el follaje de los árboles. Era un lugar realmente bueno para observar sin ser visto.

—¡Qué buena idea! —exclamó Nico—. Es un sitio perfecto.

—¡Chist! Habla más bajo —Senka quería tomar el máximo de precauciones.

—No pueden oírnos.

—No te fíes. Nosotros tenemos muy buen oído.

Permanecieron mucho tiempo escondidos, observando con detenimiento los movimientos de los guardianes. Nico buscaba ávidamente con la mirada algún indicio de sus padres: una prenda de vestir, un objeto...

—¿Ves esa choza? —preguntó Senka, al tiempo que le señalaba algo con su brazo.

—Sí.

—Allí está Pierre. Se pasa el día dentro. Rajnuk es el que se encarga del trabajo sucio. Él amenaza y castiga a los que no cumplen sus deseos.

—¿Y cómo los castiga?

—Azotándolos.

—¿Será posible?

—Si estuviésemos más cerca, tú mismo podrías ver los surcos en las espaldas de muchos hombres.

—¡Canallas! Tenemos que hacerles pagar todo esto.

—¿Qué se te ocurre?

—No sé... —pensativo, Nico volvió a recorrer con la mirada aquel lugar—. ¿Qué hay en aquel porche?

—Algo terrible. Está lleno de cajas.

—¿Y qué tiene eso de terrible?

—Las cajas contienen unos pequeños rollos, de los que sale una especie de cordel.

—¿Rollos con un cordel? No sé qué podrá ser.

—He visto cómo colocan esos rollos en la montaña, encienden el cordel y se produce una explosión terrible.

—¡Dinamita! —exclamó Nico—. ¡Dinamita!

—No; es algo malo, que produce un ruido ensordecedor y que arranca árboles de cuajo y lanza a los aires grandes piedras.

—Sí, Senka, ya sé lo que es. Estoy de acuerdo contigo; es algo muy malo que se llama dinamita. Pero se me está ocurriendo una idea.

—¿Qué idea?

—Si pudiésemos apoderarnos de unos cuantos cartuchos...

—¿Cartuchos son esos rollos de papel?

—Sí; y el cordel que tú dices se llama mecha.

—¡No debemos tocarlos! ¡Son peligrosos!

—Tendremos cuidado.

—¡No!

—Pueden sernos muy útiles, ya verás. No pasará nada si los utilizamos correctamente.

Nico no le dio tiempo a reaccionar. Se escabulló entre las ramas y se deslizó a toda prisa.

—¡Cuidado! —le advirtió Senka—. Pueden verte.

Pero Nico no hizo caso. Continuó arrastrándose en dirección al porche donde guardaban la dinamita. En varias ocasiones tuvo que detenerse y permanecer agazapado entre la maleza para evitar ser visto. Senka, desde su escondite, había preparado una flecha en su arco, por si su amigo necesitaba ayuda en un momento determinado.

A pesar de todas las dificultades, Nico llegó al porche y se escondió rápidamente tras una pila de cajas de dinamita.

«¡Madre mía! —pensó—. Tienen un arsenal; no creo que utilicen toda para la mina. Tal vez Pierre tenga aquí un depósito de explosivos para comerciar con ellos. De todas formas, a nosotros nos bastará con una caja.»

Con gran esfuerzo, debido a lo mucho que pesaba, se cargó una caja sobre los hombros y la sacó del porche. Era muy difícil regresar hasta donde se hallaba oculto Senka, pues si caminaba erguido, con la caja a cuestas, sería descubierto, y si la arrastraba por el suelo causaría mucho ruido. Se detuvo unos segundos para pensar una solución.

Senka, que seguía oculto tras las ramas, adivinó las dificultades de su amigo. Algo tenía que hacer para ayudarle, y no lo pensó demasiado. Cogió una flecha y ató en su punta varias ramitas secas; luego produjo fuego friccionando unos palos sobre un puñado de hojas y prendió las ramitas. Había conseguido en pocos segundos una auténtica flecha incendiaria. A continuación, tensó su arco, apuntó con decisión y disparó. La flecha surcó los aires como una exhalación y fue a clavarse en plena techumbre de la cabaña de Pierre, que en breves instantes comenzó a arder aparatosamente.

Los efectos fueron fulminantes. Pierre salió de la cabaña maldiciendo a gritos y pidiendo ayuda. Rajnuk y todos los hombres que merodeaban por los alrededores se apresuraron a apagar el fuego con cubos de agua y ramas de los árboles.

Nico contempló la escena sorprendido. No podía explicarse lo que había pasado, pero no cabía duda de que había llegado el momento de salir de allí. Cogió la caja y echó a correr.

Senka abandonó su escondrijo y fue a reunirse con su amigo. Entre los dos agarraron la pesada caja y emprendieron la huida.

—¡Corre, Nico! Ahora ninguno de ellos se fijará en nosotros.

—¿Qué ha ocurrido?

—Luego te lo explicaré.

—¿Has tenido tú algo que ver con ese fuego?

—Algo.

Los muchachos se miraron y se sonrieron con la picardía de la complicidad. Su primera escaramuza contra Pierre y los traidores no había podido salir mejor. Con el peligroso botín se alejaron hasta un lugar seguro, donde pudieron descansar.

—¿Qué hacemos con esto? —Senka no se sentía a gusto al lado de aquel cajón.

—Debemos esconderlo en un sitio seguro, sin humedad.

—Eso es fácil. Sé de un lugar cerca de aquí.

En una pequeñísima gruta que Senka conocía escondieron la caja con los cartuchos de dinamita. Nico tuvo entonces una idea y se guardó un cartucho en uno de los bolsillos de su camisa.

—¿Qué vas a hacer? —le preguntó Senka.

—Hemos de actuar rápidamente. Volvamos a la mina, aún estarán ocupados en apagar el fuego. Haremos explotar este cartucho sin que nos vean.

—¡Será estupendo! Creerán que se trata del gran espíritu.

Sin la pesada carga de dinamita volvieron a la mina corriendo. Afortunadamente, todos los hombres se apelotonaban junto a la cabaña de Pierre, que había ardido casi por completo. Rajnuk estaba fuera de sí, gritaba y azotaba a diestro y siniestro a los hombres, que soportaban el castigo con rabia contenida. A poca distancia de donde estaban escondidos Nico y Senka se encontraba el vehículo todo terreno de Pierre.

—¡Es fantástico! —exclamó Nico al verlo—. Fíjate, con un poco de suerte, Pierre tendrá que volver andando al poblado. Sólo necesitaremos un poco de fuego.

—De eso me encargo yo.

Senka volvió a amontonar unas cuantas hojas secas y con facilidad pasmosa produjo fuego friccionando un palo sobre ellas. Nico prendió la mecha del cartucho y lo tiró hacia el vehículo. Cayó a un par de metros de él, pero como el terreno hacía un poco de desnivel, rodó hasta chocar contra una de las ruedas, donde quedó encajado.

—¡Corramos! —dijo Nico.

Salieron a toda prisa del lugar, y cuando Nico calculó que iba a producirse la explosión, se tiró al suelo, arrastrando a su amigo con él.

Agazapados, cubriéndose la cabeza con ambos brazos, esperaron a que se produjese la explosión, que fue tremenda, ya que a la del cartucho de dinamita se unió la del depósito de combustible del vehículo. Volvieron la cabeza y vieron a sus espaldas, entre el tupido arbolado, una densa columna de humo negro.

—Me gustaría mucho ver la cara que pone Pierre —comentó Nico.

—Eso es fácil —respondió Senka—. Sígueme.

Senka le condujo hacia una elevación de terreno, bajo la cual se excavaba la mina. Era otro lugar estratégico, desde el que se divisaba todo el campamento de Pierre y los movimientos de sus hombres, que ahora rodeaban impotentes y sorprendidos el vehículo destrozado.

Pierre miraba a su alrededor, con una pistola entre los dedos, tratando de descubrir un culpable con el que aplacar sus iras. Rajnuk hacía restallar su látigo y amenazaba a los que habían comenzado a murmurar temerosos.

—¿Qué ocurre? —preguntó Pierre.

—Creen que el gran espíritu les va a castigar.

—¡Maldita sea! ¡Yo les daré gran espíritu! Agarraré al culpable y me las pagará.

Desde lo alto, escondidos, Senka y Nico celebraban su éxito. Su plan había dado resultado. Los nativos comenzaban a estar preocupados por lo que estaba sucediendo, y eso podía causar muchos problemas a Pierre. Antes de abandonar su estratégico escondite, Nico y Senka oyeron pronunciar unas palabras a Pierre, unas palabras contundentes dirigidas al hechicero.

—¡Rajnuk! Que tres hombres se queden vigilando. Si alguno intenta algo, que le maten sin contemplaciones. El resto que me acompañe. Vamos a cazar a ese gran espíritu. Daremos una batida por toda la zona.

Rajnuk sonrió malévolo y transmitió las órdenes de Pierre a los traidores. Nico y Senka se alejaron prudentemente del lugar.

—Conozco un sitio seguro, donde no podrán encontrarnos jamás —dijo Senka.

—Se me está ocurriendo una idea.

—¿Cuál?

—Si tres hombres de Pierre van a quedarse en la mina vigilando y el resto va a dar una batida por los alrededores...

—No entiendo. ¿Qué quieres decir?

—Que el poblado está muy poco vigilado.

—¡Es cierto! —exclamó Senka, que había comprendido las intenciones de Nico—. Es una gran idea. Mientras ellos nos buscan nosotros iremos al poblado e intentaremos localizar al anciano Kutangondo.

—Y a mis padres —puntualizó Nico.

12

BULANDA

Realmente, el plan de Nico era estupendo. Pierre y los suyos buscarían por todas partes, excepto en el poblado. Era una acción inteligente e intrépida, además de peligrosa, pues se iban a meter en la mismísima boca del lobo, y si bien es cierto que tenían muchas posibilidades de que todo saliese bien, podría ocurrir que Pierre regresase antes de tiempo y los pillase allí.

Caminaron deprisa en dirección al poblado. Senka estaba ilusionado por encontrar al anciano Kutangondo, el único conocedor del lugar donde se hallaba el *lutarmainé*. Él, como hijo del gran jefe, tenía derecho a conocer ese lugar y a apoderarse de la piedra mágica para liberar a su pueblo.

—Espero que Kutangondo esté vivo.

—¿Por qué no va a estarlo?

—Es muy anciano y además se encuentra enfermo. Si Pierre y Rajnuk le han maltratado, tal vez...

—Estará bien. Su secreto le mantendrá vivo.

—Eso espero. Si muere, nadie podrá encontrar jamás la gruta Monga-tanga.

A Nico le molestaba un poco que Senka estuviese tan obsesionado con esa gruta y con el talismán, o lo que fuere, y no pensase más en la realidad concreta. Pero como ya habían hablado varias veces del tema, prefirió no insistir más.

Cuando se encontraban ya cerca del poblado, Senka se detuvo en seco y agarró a Nico de un brazo.

—¡Quieto! —le dijo.

—¿Qué ocurre?

—Oigo algo.

Nico aguzó el oído, pero no logró oír nada raro; sólo esos ruidos constantes de la selva a los que ya se había acostumbrado.

—No oigo nada.

—¡Calla! —Senka escuchó atentamente—. Son pisadas, alguien se acerca.

—¿Seguro?

—Sí; escondámonos.

Los dos corrieron a esconderse tras unos árboles. Esperaron en silencio, sin moverse. Senka había cogido su arco y tenía preparada una flecha. Nico miraba a todas partes sin descubrir nada anormal; llegó incluso a pensar que Senka se había equivocado, y que no tenía un oído tan agudo como alardeaba. Pero enseguida los hechos vinieron a confirmar las sospechas de Senka. Una joven caminaba con un gran cesto lleno de fruta.

El rostro de Senka se iluminó al verla; salió del escondite y corrió a su encuentro.

—¡Bulanda! —gritó emocionado—. ¡Bulanda!

A la muchacha se le cayó el cesto al ver a Senka; su cara también cobró una alegría inusitada.

—¡Senka!

Los dos jóvenes se abrazaron fuertemente. Nico, que también había abandonado su escondite, contemplaba la escena un poco sorprendido. Recordó que Senka le había hablado de una joven hermosísima llamada Bulanda. Sin duda era ella. Senka no le había engañado, la chica era realmente guapa, y al verla se acordó de Marga, su mejor amiga en Madrid. ¿Qué estaría haciendo? Posiblemente se encontrase en el colegio. ¿Pensaría en él? Ellos eran compañeros de pupitre, se habían colocado juntos desde el primer día del curso porque se llevaban muy bien y, aunque a él le molestaba mucho, los demás compañeros los llamaban «los novios». Pensó que tal vez otro chico había ocupado su sitio junto a Marga, lo cual le produjo un cierto desasosiego.

Senka condujo a Bulanda junto a Nico, la muchacha le miró y le sonrió. Tenía unos ojos grandes muy bonitos, su mirada era profunda y limpia.

—Ella es Bulanda —dijo Senka, a modo de presentación.

—Senka me habló de ti —comentó Nico—. Me dijo que eras la muchacha más hermosa, y tenía razón.

Bulanda bajó la cabeza ruborizada.

—Debéis iros enseguida —les dijo—. Es peligroso este lugar.

—No te preocupes —la tranquilizó Senka—. Pierre y los traidores se encuentran lejos de aquí.

—Tengo que volver al poblado. Si tardo demasiado, me castigarán.

—Espera, Bulanda. Necesitamos saber algunas cosas. ¿Qué ha sido de Kutangondo?

—Está prisionero.

—¿Dónde?

—En la iglesia.

—¡Ya entiendo! Por eso está vigilada constantemente.

—¿Cómo sabes que está vigilada?

—Nico y yo nos acercamos al poblado. Observamos desde lejos.

—Es peligroso, Senka. Pierre es un malvado sin escrúpulos. Ha matado a muchos hombres buenos. Si te descubre, te matará.

—Lo sé, pero no puedo quedarme tan tranquilo.

—Pierre sabe que tras la muerte de tu padre, Taor, eres el nuevo jefe. Por eso te matará sin contemplaciones. Debes huir, Senka, lejos, muy lejos de aquí.

—¡Eso jamás!

—Pierre es fuerte y tiene armas. Rajnuk está con él. Su poder ha aumentado, es cruel y vengativo.

Nico asistía en silencio al diálogo entre Bulanda y Senka. Sentía ganas de hacer a la muchacha algunas preguntas sobre sus padres, pero no se atrevió a interrumpirlos. Sin embargo, Senka adivinó la inquietud de su amigo.

—Nico ha venido hasta aquí en busca de sus padres —le dijo a Bulanda—. Ellos viajaban en el helicóptero que fue atacado por Pierre. Sabemos que no murieron, pues en un libro que quité a un traidor hace días había algunas frases escritas por el padre de Nico.

—¿Están en el poblado? —preguntó impaciente Nico.

—No sé —respondió Bulanda—. Un día llegaron Pierre y Rajnuk con un hombre y una mujer blancos. Podrían ser ellos.

—¿Qué les hicieron?

—Nada pude ver. Pierre nos obligó a todos a meternos en nuestras cabañas. Sólo puedo decir que oí cómo Rajnuk amenazaba al hombre blanco. Le decía: «Si no lo haces, mataremos a la mujer».

—Si no haces..., ¿qué?

—Sólo repetía esa frase. Rajnuk es peor que Pierre, siempre camina con el látigo en la mano, y sin motivo la emprende a golpes con cualquiera que se cruce en su camino.

—¡Me las pagará! —exclamó Senka furioso.

—Además, ahora cura milagrosamente a los enfermos y a los heridos en la mina.

—¿Cómo?

—Sus artes mágicas han vuelto a funcionar. Introducen a los heridos en su cabaña con los ojos vendados y al rato salen curados.

—No puedo creerlo.

—Es cierto. Muchos empiezan a creer en él y piensan que hicieron mal dándole de lado tras la llegada del padre Soler.

Bulanda volvió a recoger el cesto de la fruta y se dispuso a marcharse. Senka la detuvo.

—Espera un poco.

—No puedo, Senka. Si tardo, sospecharán de mí y me castigarán.

—Quédate con nosotros.

—Sería peor. Sólo os causaría complicaciones. Tened mucho cuidado.

—No te preocupes. Nico es muy valiente. Entre los dos conseguiremos acabar con Pierre, y los traidores pagarán su culpa.

Sin decir más, Bulanda echó a correr y desapareció en unos segundos. Senka vio cómo se alejaba, en silencio, pensativo, sin duda añorando tantos días felices pasados a su lado, días felices que tenía que recuperar para sí y para su pueblo. Nico le dio una palmadita en la espalda.

—¡Ánimo, Senka, lo conseguiremos!

Recorrieron el trecho que faltaba hasta el poblado. A la entrada se detuvieron y observaron unos instantes la situación. Atardecía. Las mujeres y los niños se recogían en sus cabañas para esperar a que los hombres regresasen de la mina. Como sospechaban, sólo un hombre de Pierre, con un fusil entre las manos, permanecía vigilando junto a la medio derruida iglesia.

—¿Se te ocurre algo para que burlemos la vigilancia? —preguntó Senka.

—No sé...; tendríamos que distraerle, alejarle un poco... Si le sacásemos de ahí, tal vez podríamos sorprenderle. Sobre todo hemos de evitar que dispare su fusil. Si lo hace, Pierre y los demás regresarán al momento.

—¡Se me ocurre una idea! —exclamó Senka.

—¿Cuál?

—Ya verás.

Senka arqueó sus manos alrededor de su boca y emitió un fuerte rugido. Nico adivinó que estaba imitando a algún animal, aunque no pudo adivinar cuál.

—Es un rugido de... de...

—De gorila.

—¡Ah! Pues lo haces muy bien.

—Yo imito al gorila y tú al avestruz. Prepárate, tendrás que golpear al centinela de esa forma tan extraña.

—Sí —respondió Nico siguiendo la broma—. Le daré el golpe del avestruz y te aseguro que dormirá unas cuantas horas.

Al oír el rugido, el guardián comenzó a inquietarse y miró nerviosamente hacia donde los muchachos se hallaban. Senka repitió el rugido y el guardián, con su fusil bien sujeto, comenzó a caminar hacia allí.

Nico se ocultó entre el follaje, y Senka se alejó un poco y volvió a rugir, tratando de atraer al guardián. Cazar un gorila era el honor más alto que podía conseguir un hombre; por eso, aquel guardián abandonó la iglesia y persiguió a su inexistente pieza. Cuando pasó a la altura de donde Nico se hallaba escondido, éste saltó ágilmente sobre él y, sin darle tiempo a reaccionar, le asestó un fuerte golpe de kárate en la nuca, que le dejó sin sentido. Senka corrió a su encuentro.

—Buen golpe.

—Buen rugido.

—No perdamos tiempo.

Los dos corrieron hacia la vieja iglesia, empujaron la desvencijada puerta y entraron. Estaba muy oscuro el interior.

—¡Kutangondo! —dijo Senka—. ¡Kutangondo! ¿Dónde estás? Soy Senka, el hijo del gran jefe Taor.

—¡Senka! —A su espalda pudo escuchar la débil y sorprendida voz del anciano Kutangondo.

Los dos jóvenes se volvieron hacia él. Su aspecto era deplorable; permanecía atado fuertemente a un poste, el rostro demacrado y el cuerpo semidesnudo plagado de llagas.

—¡Kutangondo! —Senka no pudo evitar la emoción, abrazó al anciano mientras las lágrimas le corrían por las mejillas—. ¡Oh, Kutangondo! Te sacaré enseguida y vendrás con nosotros.

Entre los dos jóvenes desataron al anciano, quien pidió que le tumbasen en el suelo.

—Vendrás con nosotros —insistió Senka.

—No —respondió el anciano—. Ya no puedo ir a ninguna parte. Escúchame con atención, no disponemos de mucho tiempo.

La voz apenas salía de la garganta del anciano, que tenía que hacer grandes esfuerzos para hablar.

—Descansa un poco, Kutangondo.

—No; primero escucha, después descansaré.

Con cascada voz, el anciano Kutangondo fue revelando a Senka el itinerario que debería seguir para llegar a la gruta Monga-tanga.

—¿Sabrás llegar?

—Sí, Kutangondo.

—Ahora, escúchame bien. Cuando te halles en la entrada de la gruta, deberás esperar a que el sol se encuentre en su cenit. Sólo entonces podrás entrar. Recuerda que tendrás que ser muy valiente; el *lutarmainé* está custodiado por Ficki. Si titubeas, ella te devorará.

—¿Quién es Ficki? —interrumpió Senka.

Kutangondo cerró los ojos y murió satisfecho; al fin había conseguido transmitir el secreto de la gruta Monga-tanga. Su pueblo podría mantener la esperanza. Senka lloró sobre el cadáver de Kutangondo. Nico contemplaba la escena emocionado. Aquella historia parecía irreal, increíble. Pensó por un instante que todo había sido un sueño, una mala pesadilla; pero Senka era un muchacho de carne y hueso, como él, y los dos se sentían unidos por la misma causa.

13

¡DESCUBIERTOS!

Ya había anochecido cuando salieron con muchas precauciones de la vieja iglesia. A pesar de que los hombres no habían vuelto al poblado, las mujeres y los niños permanecían encerrados en sus cabañas, pues estaban acostumbrados a estos retrasos y temían las iras de Pierre.

Iban a marcharse cuando la figura estrafalaria del hechicero apareció entre las cabañas.

—¡Es Rajnuk! —exclamó Senka sorprendido—. Ha vuelto solo.

Los dos muchachos observaron con curiosidad sus movimientos: cruzó una amplia explanada, miró a su alrededor un par de veces, como para cerciorarse de que nadie le veía, y entró en su choza.

—Debemos irnos —dijo Senka—. Si Rajnuk está aquí, pronto llegarán todos los demás.

—Espera —Nico tuvo un presentimiento.

—No podemos esperar.

Sin mediar más palabras, Nico corrió hacia la choza de Rajnuk; Senka le siguió a pesar suyo. Al llegar, se pegaron a la pared de madera y aguardaron en silencio. Se oía con claridad la voz del hechicero, que amenazaba de muerte a alguien. Nico se deslizó hacia la puerta de cañas entrelazadas, la empujó suavemente y miró por la ranura. Lo que vio le produjo una emoción indescriptible: sus padres estaban allí, metidos en una especie de jaula de madera, y Rajnuk mantenía una violenta discusión con ellos.

—No volveré a hacerlo —le decía el doctor Daniel Robles.

—¡Maldito seas! —le amenazaba Rajnuk con su látigo—. ¡Lo harás!

—¡Se acabó el juego!

—El juego no se acabará hasta el momento que yo lo quiera.

—No volveré a ceder a tu chantaje.

—¡Ah, no! —Rajnuk sonrió malévolamente.

—¡No!

El hechicero cogió un cuchillo que tenía cerca de sí y lo lanzó con fuerza, clavándolo en una de las paredes.

—¿Has visto? ¡Ja, ja, ja! —continuó el hechicero entre carcajadas—. Si te niegas a curar a los heridos, ese cuchillo atravesará el cuerpo de tu esposa. ¡Ja, ja, ja!

—¡Maldito seas!

—¡No le hagas caso, Daniel! —intervino María, la mujer—. Deja que me mate, pero no hagas lo que dice.

Nico asistía aterrorizado a la escena. A punto estuvo de empujar la puerta y entrar, pero su amigo Senka le detuvo, agarrándole de un brazo.

—¿Dónde vas? ¡Quieto!

—Déjame, voy a sacarlos de ahí.

—No, ahora no. Pierre y los suyos regresan ya. ¿No los oyes? Huyamos o nos cogerán a todos.

Esta vez sí que Nico pudo oír las voces del enfurecido Pierre y las pisadas de los hombres agotados, que regresaban más tarde de lo acostumbrado debido a los extraños incidentes ocurridos en la mina. Nico y Senka iban a echar a correr, pero Pierre y los suyos ya se encontraban demasiado cerca. Se deslizaron hacia la parte trasera de la cabaña de Rajnuk y aguardaron en silencio. Iba a resultarles muy difícil escapar. Sintieron cómo los hombres se distribuían por sus cabañas y cómo Pierre cruzó unas palabras con Rajnuk, que había salido al oírle llegar. Al cabo de unos minutos se restableció una cierta calma en el poblado. Senka asomó la cabeza con precaución y examinó el panorama.

—Prepárate, Nico —dijo a su amigo—. Si no conseguimos escapar ahora, no lo haremos nunca.

—¿A qué esperamos?

La cabaña de Rajnuk estaba en medio de la amplia explanada, lo cual dificultaba la huida, ya que tenían que atravesar un gran espacio de terreno sin vegetación y algunos hombres de Pierre permanecían vigilando por distintos lugares. Sin pensarlo dos veces echaron a correr hacia un sitio más protegido, pero fueron vistos por uno de los guardianes, que dio la voz de alarma.

—¡Nos han descubierto! —exclamó Nico.

—¡Corre! ¡No te detengas!

Pierre salió de la cabaña y apenas pudo divisar un par de sombras que alcanzaban la espesa vegetación. Sacó su pistola y disparó en esa dirección, al tiempo que conminaba a sus hombres a que los siguiesen.

—¡Nos disparan! —gritó Nico.

—¡No te separes de mí! —le dijo Senka, temeroso de que su amigo pudiera perderse.

Senka, conocedor como nadie de aquel terreno, corría como un verdadero felino, esquivando todos los obstáculos a pesar de la oscuridad. Al principio sentían a sus espaldas la proximidad de los hombres de Pierre, que hacían algunos disparos; pero al cabo de unos minutos no se percibía ni rastro de ellos. Nico y Senka se detuvieron.

—Estoy agotado —dijo Nico.

—Creo que hemos conseguido despistar a Pierre y los suyos; ya no podrán localizarnos.

—¿Seguro?

—Sí, seguro.

A Nico siempre le admiraba la forma de desenvolverse de su amigo en la selva. Estaba claro que era un habitante de la selva y que para él era sencillísimo orientarse en aquel lugar.

—Te admiro, Senka —le dijo.

—¿Por qué?

—Conoces la selva como la palma de tu mano.

—Tú conocerás tu ciudad también como la palma de tu mano.

—No creas, alguna vez he llegado a perderme en mi ciudad.

—¿Perdido? ¿En tu ciudad?

—Sí.

Senka hizo un gesto de extrañeza, pues no comprendía que alguien pudiese perderse en el lugar donde habitualmente vivía. Nico comprendió la extrañeza de su amigo y le sonrió.

Dieron un amplio rodeo hasta llegar a la camuflada choza de Senka. Debían reponer fuerzas enseguida pues al día siguiente les esperaba otra agotadora jornada.

Al amanecer, en el poblado, Pierre había reunido a todo el mundo en la gran explanada: hombres, mujeres y niños. Rajnuk se dirigía a ellos y los amenazaba con su látigo. Dos hombres de Pierre habían encontrado desmayado al guardián que vigilaba la iglesia y que había sido noqueado por un certero golpe de kárate de Nico, y trataban de reanimarle con agua fría. Cuando al fin abrió los ojos, Pierre se acercó a él.

—¿Qué ha sucedido? —le preguntó.

Aturdido, el guardián se incorporó y miró a su alrededor; trató de recordar.

—Vigilaba... cumplía tus órdenes y caminaba de un lado para otro... sin dejar el fusil... Caminaba y...

—¿Qué sucedió? —repitió Pierre furioso.

—Oí un rugido.

—¿Un rugido?

—Un gorila merodeaba por el poblado... Salí a buscarlo... El gorila rugía cerca de aquí... Y luego... no recuerdo. Sentí un golpe muy fuerte, aquí, en la nuca... Y no recuerdo más.

—¡Imbécil! —le insultó Pierre, al tiempo que le empujaba y le hacía caer al suelo.

—Cumplí tus órdenes, Pierre —se disculpaba el guardián—. Cumplí tus órdenes. Sólo fui a cazar el gorila...

—¿Viste algo raro? ¿Alguien se ausentó del poblado?

—No, Pierre... yo...

—¡Azotadle! —sentenció Pierre, brutal.

—¡No! ¡No me azotéis! —el guardián suplicaba de rodillas—. ¡No, por favor!¡Esperad! ¡Esperad! Ahora recuerdo que alguien se ausentó del poblado.

—¿Quién?

—La joven Bulanda. Sí, ella fue a recoger fruta y tardó mucho tiempo en regresar.

—¡Traedla! —gritó Pierre.

Dos hombres fueron en busca de Bulanda, que, al verse delatada, echó a correr. Los hombres la persiguieron un rato y sin muchas dificultades la atraparon. Bulanda trató de resistirse: pataleaba, mordía...; pero, a pesar de su resistencia, no consiguió librarse de los fuertes brazos de aquellos hombres. A rastras fue conducida ante Pierre y Rajnuk.

—¿Adónde fuiste? —preguntó Rajnuk, acariciando su látigo.

—A recoger fruta —respondió Bulanda, muy alterada.

—¡Di la verdad! —gritó el hechicero, al tiempo que la golpeaba con la empuñadura del látigo.

Pierre, con un gesto, ordenó a Rajnuk que se retirase un poco; avanzó hacia la muchacha, que seguía sujeta por dos hombres, y se quedó mirándola fijamente. Luego, muy despacio, sacó su pistola y se la mostró.

—¿Sabes lo que es esto?

—Sí.

Sonrió y colocó el cañón de la pistola entre los ojos de la muchacha, quien comenzó a sentir miedo, un miedo que le paralizaba todo el cuerpo.

—Si no me dices la verdad, dispararé —dijo Pierre pausadamente—. Cuando saliste del poblado..., ¿con quién estuviste?

Pierre apretó la pistola contra la cara de Bulanda. Los ojos de la muchacha se abrieron aterrorizados y un temblor convulso la agitaba de pies a cabeza.

—¡Contesta! —gritó Pierre—. ¡Contesta o disparo!

Bulanda tragó saliva y habló con decisión.

—Senka, el hijo del gran jefe Taor, está vivo —dijo—. Con él estuve, y con su amigo blanco.

Un murmullo de asombro se produjo entre los nativos, que habían dado por muerto al hijo del gran jefe. Había gestos de satisfacción, alegría y esperanza, gestos que fueron cortados por el látigo de Rajnuk.

—Senka habló con Kutangondo —prosiguió Bulanda—. El anciano le reveló el lugar donde se halla el *lutarmainé*. Cuando el hijo del gran jefe se apodere de él, será invencible y acabará contigo.

Pierre se limitó a sonreír ante las amenazas de la muchacha. Sin duda, tampoco él creía en los poderes mágicos de aquel diamante sagrado, más bien pensaba en su valor, ya que, según sus referencias, la piedra preciosa era de una pureza increíble.

—¡Atadla en un lugar visible! —gritó Pierre a los hombres que sujetaban a Bulanda—. Que todos la vean. Dejadla allí hasta que muera.

Los dos hombres arrastraron a la muchacha, que no dejaba de gritar.

—¡Estás perdido, Pierre! ¡Senka será invencible! ¡El *lutarmainé* le hará invencible! ¡Estás perdido! Él te hará pagar todos tus crímenes! ¡Oídlo todos! ¡Senka, el hijo de Taor, es el nuevo gran jefe! ¡Él vendrá a liberarnos!

El nuevo murmullo fue acallado también por el látigo de Rajnuk, que descarnó algunas espaldas despiadadamente.

Bulanda fue atada a un poste, que fue clavado en el centro del poblado, en un lugar donde todos pudiesen verla. Rajnuk ordenó que la dejasen morir lentamente de hambre y de sed.

Pierre y el hechicero, por distinto motivo, deseaban acabar urgentemente con Senka. Para el traficante era una amenaza, pues la tribu podría sublevarse más fácilmente. Para el hechicero, la presencia de Senka podía significar el fin de su situación privilegiada. Por eso, los dos aunaron sus esfuerzos.

—Hemos de localizar a Senka antes de que se apodere del *lutarmainé* —dijo Rajnuk.

—¿También tú crees esas fantasías?

—Sí, Pierre. El *lutarmainé* tiene verdaderos poderes mágicos.

—¡Tonterías! El *lutarmainé* es un diamante que puede ser vendido en Europa o en América por muchos dólares. Dejaremos que ese chico lo coja, luego se lo quitaremos.

—No, Pierre; Senka no debe apoderarse del *lutarmainé*.

—¡Basta! No admito supersticiones. ¿De qué amigo blanco habla la muchacha?

—No sé; Senka no tenía ningún amigo blanco.

—No importa. Acabaremos con los dos. No quiero testigos.

A pesar de que al hechicero Rajnuk no le hacía mucha gracia que Senka cogiese el *lutarmainé*, obedeció resignado las órdenes de Pierre.

—Prepara a los hombres. Saldremos ahora mismo en su busca. No descansaremos hasta encontrarlos.

14

LA GRUTA MONGA-TANGA

Con las primeras claridades del día los dos muchachos se levantaron. Habían dormido poco y mal debido a la gran tensión que habían tenido que soportar; no obstante, la situación no les permitía relajarse lo suficiente. Debían estar alerta en todo momento y actuar con precaución.

Como cada mañana, Senka había encendido una pequeña fogata y había puesto a asar unos trozos de carne. El olor del asado despertó el apetito de Nico, que ya se había acostumbrado a aquella forma de comer.

—Debemos salir cuanto antes —comentó Senka.

—¿Sigues pensando en ir a esa gruta?

—Naturalmente. Debemos apoderarnos del *lutarmainé* cuanto antes.

Nico sintió ganas de volver a rebatir aquella supersticiosa idea de su amigo. ¿Por qué tanto empeño? ¿No sería mejor hacer otra cosa, intentar sorprender a Pierre en el poblado o algo por el estilo? Pero era inútil, Senka estaba obcecado y por más que le insistiese no iba a conseguir nada.

—¿Está muy lejos de aquí esa gruta? —se limitó a preguntar.

—No mucho. Dos o tres horas de camino, en dirección a las montañas. Hemos de llegar antes del mediodía.

—¿Por qué?

—Recuerda las palabras de Kutangondo: «Sólo cuando el sol esté en su cenit podrás entrar en la gruta».

—¿Y eso qué quiere decir?

—No sé, allí lo comprobaremos. Llevaremos comida y agua, tal vez tardemos en regresar.

Entonces por la mente de Nico cruzó rápida una idea. Se dirigió a unos matorrales, en los que tenía escondida la caja de dinamita, apartó las ramas y cogió un par de cartuchos.

—¿Qué vas a hacer con eso? —saltó inmediatamente Senka.

—Quizá nos hagan falta.

—Si consigo el *lutarmainé,* no nos harán ninguna falta.

A pesar de la opinión de Senka, Nico se guardó un par de cartuchos en el interior de su camisa.

Prepararon las provisiones y se pusieron inmediatamente en marcha.

Mientras tanto, en el poblado, Pierre había reunido a todos los hombres y se disponía a dar una batida. Con Rajnuk ultimaba algunos detalles de las operaciones que debían seguir. Casi con disciplina militar partieron muy temprano, todos bien armados. Sólo tres hombres se quedaron en el poblado, vigilando al resto. Los trabajos en la mina habían sido suspendidos.

Dirigidos por Rajnuk, caminaron por distintos lugares, tratando de encontrar algún rastro de los muchachos. Pierre, en cuanto tenía ocasión, examinaba atentamente el terreno con sus potentes prismáticos. En una de sus inspecciones, su rostro cambió de expresión y sus labios dibujaron una amplia sonrisa de satisfacción.

—¿Qué has visto? —preguntó con impaciencia Rajnuk—. ¿Son ellos?

—Sí.

—Déjame mirar.

Pierre tendió los prismáticos al hechicero, quien miró con atención el camino que los jóvenes seguían.

—¿Adónde crees tú que se dirigen? —preguntó Pierre.

—Van hacia las montañas.

—Eso ya lo veo, pero... ¿a qué lugar?

Rajnuk continuó mirando atentamente, masculló algo entre dientes y sonrió.

—Sí, claro... No pueden ir a otro lugar.

—¿Adónde van?

—A Maronga.

—Eso ¿qué es?

—Maronga es una montaña. En ella nacen varios riachuelos, por eso el agua ha horadado muchas cuevas.

—Entonces...

—Sí, Pierre, allí debe de estar la gruta Mongatanga.

Los dos cruzaron una sonrisa cómplice.

—¿Hay alguna forma de llegar antes que ellos?

—Sí, por el río. En las balsas.

Pierre dio la orden de dirigirse al río, al lugar donde grandes balsas construidas con gruesos troncos, sujetos entre sí por cuerdas, permanecían amarradas a un improvisado y rudimentario muelle. Los hombres se distribuyeron en dos grupos y embarcaron. Con grandes varas, que clavaban en el fondo del río, remontaron la corriente hacia la montaña Maronga y sus grutas.

Como predijo Rajnuk, llegaron al lugar antes que los jóvenes, que tenían que ascender por un tortuoso camino repleto de vegetación. Dejaron las balsas en la orilla del río y se acercaron sigilosamente a la montaña.

—En esta montaña hay muchas cuevas —insistió Rajnuk—. Yo mismo he penetrado en algunas y nunca vi el *lutarmainé*. Supongo que el joven Senka habrá escuchado con atención las palabras del anciano Kutangondo.

Senka y Nico proseguían infatigables su marcha; la montaña Maronga ya estaba ante sus ojos; pero cuando iban a iniciar el último tramo, Senka se detuvo en seco.

—¿Qué ocurre? —le preguntó Nico.

—Nada.

—¿Entonces...? ¿Por qué te detienes?

—No sé; estaba pensando que tal vez... Aún falta tiempo para el mediodía.

—¿Y qué?

—Pues... podemos dar un rodeo.

—No te entiendo. ¿Acaso piensas que Pierre está esperándonos allí?

—No, pero por si acaso.

Nico admiró la prudencia de su amigo, que mantenía una calma envidiable. A él, más impulsivo y menos reflexivo, jamás se le hubiese ocurrido. Pero Senka estaba en todos los detalles. Y pensándolo bien, podría tener razón. ¿Por qué no podía estar Pierre esperándolos? Tal vez él también hubiese descubierto la famosa gruta.

Dieron un gran rodeo y descendieron hasta un río con el fin de acercarse a la montaña remontando el cauce, y al poco tiempo, el presentimiento de Senka se hizo real. En efecto, entre unos arbustos descubrieron las dos balsas de Pierre.

—¡Son ellos! —exclamó Senka nada más verlas—. Deben de estar escondidos en la montaña.

—Habrán descubierto la gruta —añadió Nico.

—Eso es imposible. Sólo yo conozco el lugar exacto.

—Entonces... estarán esperando a que tú les muestres el sitio. Cuando te vean entrar en la gruta, lo descubrirán.

—Tendremos que actuar deprisa. Vamos, el sol está a punto de llegar a su cenit.

—¡Espera! —le detuvo Nico—. Se me está ocurriendo una idea.

—¿Cuál?

—Déjame tu cuchillo. Ahora verás.

Nico cogió el cuchillo de Senka, se acercó a las balsas y cortó las cuerdas que unían los troncos.

—Buena idea. Te felicito.

—Gracias.

Continuaron la ascensión con muchas precauciones, pues sabían que Pierre y sus hombres estaban allí, escondidos en algún lugar. Dispuestos a disparar sus rifles sin contemplaciones.

Deslizándose a ras del suelo, llegaron hasta el lugar donde debía de encontrarse la gruta Mongatanga.

—¿Es aquí? —preguntó Nico.

—Sí.

—Pues no veo ninguna gruta.

En efecto, en el lugar, abrupto y escarpado, sólo podía divisarse con claridad una cascada que saltaba estrepitosamente entre las rocas.

—Y el sol está ya a punto de alcanzar su cenit —comentó Senka preocupado.

Mientras los jóvenes buscaban afanosamente con la mirada una gruta, Pierre, Rajnuk y sus hombres, a prudencial distancia, los observaban.

—¿A qué esperas, Pierre? —decía Rajnuk—. Ataquemos de una vez. Podemos cogerlos ahora. Confesarán el secreto; no resistirán mis torturas.

—¡Calla! —fue toda la respuesta de Pierre.

Y el sol llegó a su cenit.

Era el momento indicado por el anciano Kutangondo y, sin embargo..., ¿dónde estaba la gruta? Senka miraba obstinadamente la cascada cuando de repente descubrió algo.

—¡Mira, Nico! —gritó.

La intensidad de los rayos del sol descubrió tras la estela de agua una especie de oquedad; los dos muchachos corrieron hacia allí.

—¡Al otro lado del agua! —gritaba Senka—. ¡Al otro lado del agua!

Iban a cruzar la cascada, pero Nico se acordó de los cartuchos de dinamita que llevaba guardados en la camisa.

—Espera, voy a dejarlos aquí para que no se mojen.

—¡Rápido! —le apremió Senka—. Pierre debe de estar cerca.

Nico dejó los dos cartuchos sobre una roca, corrió en busca de su amigo, y juntos atravesaron la estela de agua. Empapados, se encontraron en el interior de una gruta estrecha que se adentraba en la montaña. El agua resonaba a sus espaldas con estruendo.

—No veo nada —dijo Nico.

—Por aquí —le gritó Senka.

Avanzaron por el oscuro pasillo natural. Nico notaba bajo sus pies un suelo rugoso, lleno de entrantes y salientes, lo mismo que las paredes y el techo. Llegó un momento en que apenas cabían debido a la estrechez del pasadizo. Y de pronto, de manera súbita e inesperada, llegaron a una amplia cavidad, horadada por diferentes sitios, muy iluminada, ya que los rayos del sol penetraban por los muchos agujeros.

—Ya debemos de estar cerca del *lutarmainé* —comentó Senka lleno de emoción.

Nico miró de frente y descubrió un extraño ídolo tallado en madera de ébano. De su cabeza pendía una cadena de oro y de la cadena colgaba una piedra que emitía un brillo deslumbrante.

—¡Allí! —gritó Nico, contagiado de la emoción de su amigo.

—¡Es el *lutarmainé*!

—¡Vamos! ¡Vamos! —le animó Nico—. Ve por él. ¡Cógelo! ¡Es tuyo!

Senka avanzó hacia el ídolo. Estaba a punto de llegar, pero una visión escalofriante le detuvo en seco. Rodeando al ídolo había una serpiente enorme, gigantesca; parecía adormilada, pero ante la presencia de Senka comenzó a incorporarse lentamente. Era un animal horrible, con una boca de más de dos palmos y con los colmillos afiladísimos, por los que se deslizaban finos hilillos de veneno. Senka deseaba seguir caminando, apoderarse del *lutarmainé,* que tan cerca estaba; pero el miedo, un miedo como nunca antes lo había sentido, le paralizaba. Recordó las palabras del anciano Kutangondo: «El *lutarmainé* está custodiado por Ficki; si titubeas, ella te devorará». Ahora sabía

quién era Ficki, y a pesar de todo, no conseguía dar un paso.

—¡Cógelo! —le gritaba Nico—. ¡Cógelo!

Pero Senka se había convertido en una estatua y era incapaz de mover sus músculos. La serpiente alzaba la cabeza amenazadora; en su boca se movía una gran lengua bífida que producía un sonido espeluznante.

Cuando daba la sensación de que el animal iba a abalanzarse realmente sobre el muchacho, Nico echó a correr, sorteó con habilidad a su amigo, saltó por encima de la serpiente y de un fuerte tirón arrancó al ídolo aquella cadena de oro. En ese mismo instante, como por arte de magia, Ficki se desvaneció, quedando de nuevo aletargada a los pies del ídolo.

Senka, poco a poco, fue recobrando la calma y pudo reconstruir todo lo que había pasado en tan breve tiempo. Miró a su amigo y agachó la cabeza apesadumbrado.

—Gracias, Nico. Me has salvado la vida.

—Tú has salvado más veces la mía.

—Sentí miedo...

—No te preocupes. Yo lo he sentido también en muchas ocasiones.

—Pero es distinto. Yo soy el hijo del gran jefe Taor y no debería sentir miedo.

—Eso es una tontería y no debes mortificarte pensando en ello. Te diré una cosa: eres el chico más valiente que conozco.

Senka sonrió.

—¿Lo dices en serio?

—Completamente.

Luego, Nico tendió a Senka la cadena del *lutarmainé*.

—Toma tu piedra mágica.

—¡No! —la rechazó Senka—. Tú eres el dueño del *lutarmainé*. A ti te pertenecerá durante toda la vida.

—¡Oh, no! A mí no me hace falta. Toma, cógelo.

Senka retrocedió, como si las palabras de Nico le ofendiesen.

—Cuélgatelo del cuello —le dijo muy serio—. ¡Cuélgatelo!

A pesar de que Nico seguía sin creerse aquella fantástica leyenda, obedeció a su amigo. Sobre su pecho centelleó por primera vez el diamante mágico.

—El gran espíritu te ha elegido a ti, Nico, porque eres valiente y generoso. Y yo estoy contento porque soy tu amigo.

Nico se emocionó al oír aquellas palabras, pero contuvo sus impulsos pensando en lo que les aguardaba en el exterior de la gruta.

15

¿UNA CASUALIDAD?

Mientras los muchachos estaban en el interior de la gruta, Pierre había salido de su escondite, lo mismo que sus hombres, y aguardaba a prudencial distancia de la cascada.

—Ataquemos de una vez —insistía el impaciente Rajnuk.

—No, esperaremos a que salgan.

—Si se han apoderado del *lutarmainé,* no sé lo que puede sucedernos.

—Yo te lo diré: en cuanto salgan les quitaremos el diamante. Eso es todo.

Los dos muchachos atravesaron la cascada de un salto y sus cuerpos mojados aparecieron ante los hombres de Pierre, que les apuntaban con sus armas desde distintos lugares.

Con el agua, el *lutarmainé* desprendía un fulgor extraordinario. Los traidores de Rajnuk y el propio hechicero, conocedores de las historias que sobre aquella piedra habían oído en su tribu, no pudieron evitar un gesto de sorpresa y un sentimiento de temor. Cundió cierta confusión y proliferaron los comentarios recelosos. Los hombres abandonaron sus posiciones y se congregaron junto a Rajnuk, que había perdido la energía que mostraba en otras ocasiones. Pierre, temeroso de que sus hombres le abandonasen, cogió el rifle y encañonó a los muchachos.

—¡Ahora os demostraré la magia de ese diamante! —exclamó irónicamente.

Se produjo un murmullo de asombro. Nico y Senka permanecieron inmóviles.

—Estás perdido sin remedio, Pierre —gritó Senka—. Tenemos el *lutarmainé*. Mi pueblo dejará de ser un pueblo esclavo. Vete de aquí y no vuelvas; de lo contrario, morirás.

Una estrepitosa carcajada fue la respuesta de Pierre.

—¡Muchachos! —gritó—. ¡Quiero ese diamante!

—¡Jamás!

—¡Y lo quiero ahora!

—No estás en condiciones de amenazar.

—¡Ah, no! —volvió a reír Pierre con ganas—. Yo soy quien tiene las armas.

—Tus armas nada pueden contra el *lutarmainé*.

Nico asistía perplejo al diálogo entre su amigo y Pierre. Le hubiera gustado intervenir, pues no estaba muy seguro de las palabras de Senka, quien mostraba una fe ciega en aquella piedra brillante. Pierre parecía muy irritado y de un momento a otro podía emprenderla a tiros con ellos.

—No lo provoques más —le dijo a Senka en voz baja.

Pero Senka no debió de oír a Nico, pues siguió amenazando a Pierre y a los que le habían ayudado. Y si a los nativos consiguió asustarlos, al traficante no le inmutó lo más mínimo.

—No voy a perder más tiempo hablando —dijo Pierre—. Contaré hasta tres. Si no me entregáis el diamante, mataré al muchacho blanco.

Nico sintió un escalofrío que le hizo temblar. Aquel hombre hablaba en serio. Estaba dispuesto a matarle por un diamante.

—¡Uno! —gritó.

—Estás a tiempo —replicó Senka—. Vete y no te pasará nada.

—¡Dos! —continuó impertérrito.

—Es tu última oportunidad —volvió a replicar Senka con arrogancia.

Nico sintió un sudor frío que le recorría todo el cuerpo. Era curioso, en la gruta, Senka había tenido miedo y él no; sin embargo, ahora él temblaba aterrorizado y Senka permanecía tan tranquilo.

—¡Y tres! —sentenció Pierre.

El traficante se echó el fusil al hombro, apuntó al pecho de Nico y apretó el gatillo.

Se oyó un chasquido seco. Algo había ocurrido, pero el arma de Pierre no había disparado. El mecanismo no había funcionado.

—¿Lo ves? —le advirtió Rajnuk asustado.

—No seas estúpido —contestó Pierre enfurecido—. Sólo se ha encasquillado.

Mientras Pierre trataba de poner en funcionamiento su fusil, los dos muchachos echaron a correr entre las piedras, tratando de ganar la cumbre de la pequeña montaña para descender por la cara opuesta.

—¿Te das cuenta? —decía Senka a su amigo—. El *lutarmainé* te ha protegido.

—Se le ha encasquillado el arma, sólo eso.

—Eres un incrédulo. Ya te convencerás.

Como dos gatos saltaban de piedra en piedra, y a punto estaban de ganar la cima cuando oyeron un disparo y sintieron el zumbido de una bala muy cerca. Pierre ya tenía el arma dispuesta.

—¡Al suelo! —gritó Nico, y empujó a su amigo.

—No temas. No puede hacernos daño.

—Por si acaso.

Permanecieron agazapados detrás de unas rocas. Pierre disparaba una y otra vez y gritaba a sus hombres para que le secundasen. Poco a poco, cogieron las armas y comenzaron a disparar. Una lluvia de balas caía sobre Nico y Senka, que permanecían completamente inmóviles.

De pronto ocurrió algo sorprendente. Una violenta explosión atronó los aires. Algunas piedras volaron y cayeron ladera abajo. Pierre y sus hombres tuvieron que salir corriendo para evitar ser aplastados por las rocas.

Nico y Senka, tras el primer momento de sorpresa en el que no supieron reaccionar, comenzaron a incorporarse y asomaron la cabeza por encima de las rocas. El panorama era gozoso: Pierre corría de un lado a otro, sorteando piedras, envuelto en una nube de polvo y maldiciendo continuamente.

—¿Has visto? El *lutarmainé* ha vuelto a protegernos —dijo Senka.

—Siento decepcionarte de nuevo —dijo Nico—. Sin duda, una bala ha hecho blanco en la dinamita que dejé sobre una piedra antes de entrar a la gruta.

—No estoy de acuerdo.

—No pienso discutir contigo. Vámonos de aquí.

Ascendieron los metros que les separaban de la cumbre y comenzaron el descenso por la cara opuesta. Al fin estaban fuera del alcance de las armas de Pierre. La vegetación exuberante los protegía.

Al otro lado de la montaña, Pierre se desgañitaba gritando a sus hombres, que si habían comenzado a inquietarse al ver el *lutarmainé* en el pecho de Nico, tras la explosión, que ellos consideraban inexplicable, se sentían temerosos de que un castigo divino recayese sobre ellos.

—¡Al que se mueva del sitio le mato! —sentenció Pierre con brutalidad—. Yo os demostraré que no existe magia alguna en ese diamante.

—Ellos piensan... —balbuceó Rajnuk.

—¡No me interesa lo que piensen! —le cortó Pierre—. A ti te hago responsable de todos.

—De acuerdo —respondió resignado el hechicero.

—Y ahora volvamos al poblado. Supongo que ese par de muchachos se dirigirá tarde o temprano allí. Les esperaremos. ¡Todo el mundo a las balsas!

Los hombres, amenazados de nuevo por el látigo de Rajnuk, emprendieron el camino hacia el lugar del río donde habían dejado las balsas. El temor, un temor ancestral que se remontaba al pasado más lejano, repleto de leyendas fantásticas, se apoderaba de todos.

—¡A las balsas! —repetía Pierre enérgico.

Llegaron al río y localizaron las balsas. Los hombres se distribuyeron en ellas y con las largas varas comenzaron a impulsarlas con fuerza hacia la corriente. Apenas habían avanzado unos metros cuando los troncos, sin la sujeción de las ligaduras, comenzaron a separarse. Los hombres se tambalearon sobre ellos. De nuevo cundía el desorden, el miedo, la confusión... Sin duda, cuando Nico cortó las cuerdas que sujetaban los troncos de las balsas, no sospechó que su acción pudiese tener una repercusión tan importante.

Tras ganar a duras penas la orilla, Pierre se vio obligado a disparar varias veces para controlar a sus hombres, que comenzaban a dispersarse en todas direcciones.

—¡Quietos! —gritaba—. ¡Que nadie se mueva del sitio! ¡Estúpidos!

Rajnuk brujuleaba a su alrededor.

—¿Has visto, Pierre? Los troncos se han soltado. El *lutarmainé* tiene poderes extraordinarios contra los que nada podemos oponer.

—¡Tonterías!

—No son tonterías. Debemos desistir.

—Hemos subestimado a esos chicos. Son muy astutos. Ellos han cortado las ligaduras. ¿Es que no os dais cuenta?

Pierre maldijo unas cuantas veces al tiempo que Rajnuk reunía a los hombres asustados con la poderosa convicción de su látigo restallante.

Mientras, Nico y Senka se dirigían a la choza del

último, pues, aunque en un primer momento habían decidido ir al poblado, cambiaron de opinión y aguardaron al día siguiente. No convenía precipitarse. Pierre era inteligente y con facilidad podía adivinar sus intenciones y tenderles una emboscada. Ellos sabían que en todo momento deberían jugar la baza de la sorpresa, y a pesar de que Senka se sentía completamente seguro con el *lutarmainé,* las buenas razones de Nico le convencieron.

Llegaron a la cabaña al anochecer, cansados, pero contentos, pues intuían que su batalla contra Pierre estaba haciéndole mella. Después de un momento de silencio, en el que los dos jóvenes se quedaron abstraídos, Nico insistió en sus pretensiones.

—Esta piedra te pertenece —le dijo, e hizo ademán de quitársela.

—¡No! —le cortó Senka tajante.

—Pero... ¿es que no lo entiendes? Es un símbolo de tu pueblo. Tú eres el único hijo del gran jefe y a ti te pertenece.

—No; a mí me faltó valor.

—Eso es una tontería. Has demostrado ser mucho más valiente que yo. Si no fuese por ti, yo habría muerto a las pocas horas de pisar la selva. Además, yo no lo quiero.

—No digas eso.

—Es verdad.

—Si desprecias el *lutarmainé,* tú y yo dejaremos de ser amigos.

Las palabras de Senka calaron muy hondo en los sentimientos de Nico. No estaba dispuesto a perder la amistad de Senka; por eso, resignado, dejó caer el diamante sobre su pecho.

—Pero... ¿de verdad crees en los poderes mágicos de esta piedra? —comentó.

—Confieso que llegué a dudar, pero ahora estoy completamente convencido.

—¿Qué te ha hecho cambiar?

—Tú mismo has podido verlo.

—¿Te refieres a la explosión?

—Sí.

—Fue una casualidad. Una bala hizo impacto en la dinamita. Recuerda que dejé los cartuchos sobre una roca antes de entrar en la gruta.

—Sí, pero el *lutarmainé* desvió esa bala hasta la dinamita.

Nico movió la cabeza contrariado. Su amigo era un cabezota; no había forma de convencerle.

—¿También piensas que fue el *lutarmainé* quien encasquilló el fusil de Pierre?

—Claro que sí.

Inútil todo intento. Nico se dio cuenta de que podía ser muy peligrosa para ambos la confianza ciega que mostraba Senka en el *lutarmainé;* por eso decidió tomar algunas precauciones antes de que fuese demasiado tarde.

—Mañana, cuando nos acerquemos al poblado, lo haremos con mucha cautela —le dijo.

—¿Por qué? No tenemos nada que temer.

—Sí; pero ahora soy yo quien te va a poner una condición.

—¿Cuál?

—Si quieres seguir siendo mi amigo, tendremos que ir al poblado sigilosamente, sin ser vistos, y no enfrentarnos cara a cara a Pierre, al menos en los primeros momentos.

—Es absurdo lo que dices, con el *lutarmainé...*

—Si no lo aceptas, dejaremos de ser amigos —le cortó tajante Nico.

Y en esta ocasión fue Senka quien recibió el impacto. Reflexionó unos segundos y dio marcha atrás.

—Está bien, acepto; pero...

—¡Hum! Me están rugiendo las tripas —volvió a interrumpirle Nico.

—¿Qué?

—Que tengo hambre.

—Yo también.

Y entre risas, comenzaron a preparar una suculenta cena.

16

MUCHAS DIFICULTADES

Tras los ajetreados incidentes del día, ya en el poblado, Pierre trataba de calmarse, pues su sentido común le decía que no debía perder los nervios bajo ningún concepto. El peligro de una sublevación entre sus atemorizados hombres ya había pasado, y todos volvían a mostrarse sumisos. Reconstruía mentalmente una y otra vez la situación y sólo había una cuestión que no acertaba a descifrar: ¿qué hacía aquel muchacho blanco junto a Senka, el hijo del gran jefe? Llamó a Rajnuk y le interrogó al respecto.

—¿Alguna vez viste a ese chico por aquí?

—Nunca antes le había visto. No sé quién pueda ser.

—Esa joven...

—¿Bulanda?

—Sí. Ella habló con él. Quiero que la interrogues. Trata de averiguar algo.

Rajnuk abandonó al instante la cabaña de Pierre y se dirigió al centro de la explanada, donde permanecía atada la joven Bulanda. Le ofreció varias veces agua, que siempre retiraba de sus labios en el último momento, y trató de mortificarla con una serie de artimañas despiadadas. Al borde de su resistencia física, la joven comenzó a gritar y el hechicero, complacido, la dejó desahogarse tranquilamente. Luego volvió a la carga.

—Al joven Senka le acompañaba un muchacho blanco, ¿no es verdad?

—Sí —respondió Bulanda extenuada.

—¿Quién?

—No sé.

—Es mejor que digas la verdad. Algo te diría Senka del muchacho blanco.

—Buscaba a sus padres.

—¿Cómo? —preguntó Rajnuk sorprendido por aquella súbita revelación.

—¡Que buscaba a sus padres! —repitió Bulanda.

—¿Quiénes son sus padres? —insistió Rajnuk.

—No lo sé. ¡Déjame en paz!

Rajnuk cruzó la última mirada con Bulanda y volvió a dejarla abandonada, sin ni siquiera refrescarla con el agua que le había ofrecido. Contento, regresó apresuradamente a la cabaña de Pierre; sabía que las pocas palabras de la joven podrían aclarar muchas cosas.

El traficante, tras oír a Rajnuk, se quedó pensativo unos segundos y luego saltó del banco donde se hallaba, como impulsado por un resorte.

—Vamos a ver a tu médico —se limitó a decir.

Juntos atravesaron la gran explanada ignorando a la amarrada Bulanda, y penetraron en la cabaña de Rajnuk. El doctor Daniel Robles y su esposa se despertaron al oírlos.

Rajnuk encendió una lámpara de aceite.

—¿Es que ni siquiera va a dejarnos dormir tranquilos? —preguntó Daniel.

—He de hacerle algunas preguntas.

—¿Y no puede esperar hasta mañana?

—No, no puedo esperar. Son preguntas muy personales.

—¿Personales? ¿Qué quiere decir?

—Ustedes... ¿tienen un hijo?

Daniel y María cruzaron una fugaz mirada. No entendían a qué venía semejante pregunta.

—¿Para qué quiere saberlo?

—Lo entenderán muy pronto.

—¿Acaso le ha ocurrido algo? ¿Qué sabe usted? —preguntó María con nerviosismo.

—De modo que sí tienen un hijo —continuó Pierre—. Bien, muy bien.

—¿Qué sabe de él? —insistió María.

—¿Es un chico de unos catorce o quince años, alto, moreno...?

—Sí; ¿dónde está?

A pesar de los ruegos y súplicas de María, Pierre no dijo nada más. Salió de la cabaña en compañía de Rajnuk y ordenó a tres de sus hombres que clavasen dos postes en el centro de la explanada, junto a Bulanda.

Al amanecer, el doctor Daniel Robles y su esposa fueron sacados de la cabaña de Rajnuk y conducidos a los postes. Junto a la joven Bulanda, y ante el asombro de todo el poblado, que ignoraba su existencia, fueron amarrados. Daniel forcejeó con sus guardianes, pero se encontraba demasiado débil para oponer resistencia.

Rajnuk, que no compartía la decisión de Pierre, se encontraba nervioso e intranquilo, pues la gente podía descubrir la verdad de las curaciones y su recobrado prestigio se derrumbaría de golpe.

—No me gusta nada. No era preciso atarlos a la vista de todos.

—Al contrario —respondió Pierre—. Es necesario. Los dos jóvenes vendrán al poblado, estoy seguro, y me interesa que vean el panorama.

El plan de Pierre consistía simplemente en esperar, pues sabía de sobra que los dos muchachos más tarde o más temprano se acercarían al poblado. ¿Y qué mejor reclamo que la joven Bulanda y los padres de Nico atados en el centro de la explanada? No lo resistirían, eran demasiado jóvenes para controlar sus impulsos, correrían alocadamente hacia ellos y... El resto era muy simple. ¿Qué podían hacer dos muchachos desarmados contra él y sus hombres?

Parecía un plan infalible; no obstante, Pierre no estaba tranquilo, pues ya había comprobado la astucia de los muchachos.

El hechicero Rajnuk aún estaba más preocupado, pues en cierto modo no podía apartar de su mente la idea de que los jóvenes estuviesen imbuidos de un poder especial emanado del *lutarmainé*.

Nico y Senka, tal y como preveía Pierre, habían iniciado la marcha hacia el poblado. Eran conscientes de que podían caer en una trampa, pero después de barajar todos los pros y los contras decidieron arriesgarse. ¿Qué otra cosa podían hacer? Procurarían acercarse al máximo sin ser vistos y una vez allí examinarían la situación. Nico confiaba en que se les ocurriese algo a última hora, y Senka estaba seguro de que con el *lutarmainé* superarían todas las dificultades y acabarían con el poder de Pierre y los traidores. Por eso, Nico tuvo que insistir una y otra vez a fin de que su obstinado amigo se olvidase de actitudes temerarias y tomasen una serie de precauciones.

—No y no —insistía—. No vas a convencerme.

—¿Qué más pruebas quieres? —repetía Senka.

—Ya te dije que fue una casualidad.

—Yo no lo creo.

—Pero yo sí. Y si no tomamos precauciones, no seguiré contigo. Nos separaremos aquí mismo.

—¿Hablas en serio?

—Completamente.

Y a regañadientes, Senka aceptó las condiciones de su amigo. Caminaron sigilosamente, tomando medidas de seguridad. Se acercaron hasta el poblado y se sorprendieron de no encontrar ningún vigilante por los alrededores.

—Es raro —comentó Senka.

—Estaban seguros de que vendríamos. Saben que no nos queda otro remedio.

A rastras ascendieron un pequeño montículo y divisaron el poblado. Lo que vieron los dejó perplejos. Nunca lo habían podido imaginar.

—¡Mis padres! —exclamó Nico con un nudo en la garganta.

—¡Bulanda!

Durante unos segundos permanecieron en silencio contemplando aquel panorama tan doloroso.

—¡Acaba con ellos! —dijo Senka con rabia—. ¡Tú puedes hacerlo! ¡Utiliza el *lutarmainé*! Pierre es el hombre más malvado que existe.

—Es una trampa perfecta —susurró Nico—. Nos tienen a su merced.

—¡Destrúyelos! ¡Destrúyelos! —repetía Senka al borde del llanto.

Instintivamente, y como compensación a los alocados ímpetus de su amigo, que de nuevo volvía a mostrarse irreflexivo, Nico adoptó una postura sorprendentemente tranquila. Dominó la tentación de correr hacia sus padres para tratar de liberarlos y meditó unos segundos, haciendo caso omiso de las palabras de Senka.

El poblado estaba desierto; sin duda, Pierre había obligado a todos a permanecer en el interior de las cabañas. Él y sus hombres estarían al acecho en alguna parte. Pero... ¿qué podían hacer? Al principio, Nico sólo tenía una idea clara.

—Desde luego, no podemos acercarnos juntos; sería estúpido que nos cogiesen a los dos.

—Iré yo —dijo resolutivo Senka.

—Llévate el *lutarmainé*.

—Eso no. El *lutarmainé* siempre debe colgar de tu cuello.

—Quien vaya debe llevar el diamante. Causará mayor impacto en tu pueblo por la simbología que posee y en Pierre por su valor en dinero. Centrará todas las atenciones y mientras...

—Mientras..., ¿qué?

—El otro puede intentar algo.

Nico clavó su mirada en el porche donde se almacenaba la dinamita, que estaba algo retirado del poblado, en un pequeño claro.

—¿No estarás pensando en la dinamita? —preguntó asustado Senka.

—Pues sí, pensaba en ella.

—Olvídate.

—¿Cuántas cajas crees que habrá?

—No sé... Ocho o diez.

De pronto, Nico vio claro el plan en su cabeza. Y no estaba mal, podía dar resultado. Comenzó a explicárselo a Senka.

—Tú vas al poblado con el *lutarmainé*.

—No.

—Escucha. Eres el hijo del gran jefe y causarás una sorpresa tremenda. Pierre tendrá que utilizar a todos sus hombres para controlar a tu pueblo. Mientras, yo me deslizaré sigilosamente hasta el porche, prenderé un cartucho y echaré a correr. La explosión será terrible, aunque no creo que llegue hasta el poblado la onda expansiva.

—¿Y si llega?

—Hay suficiente distancia. El porche volará por

los aires en pedazos. Únicamente caerán sobre el poblado los restos. La confusión será tremenda. Tú gritarás a tu pueblo para que se subleve contra Pierre. A ti te seguirán, eres su nuevo jefe. Entre tanto, yo habré desatado a mis padres y a Bulanda.

Senka se quedó pensativo.

—Sólo hay un inconveniente.

—¿Cuál?

—Yo no puedo llevar el *lutarmainé*.

—¡Tonterías! Si no llevas el *lutarmainé,* todo el plan puede venirse abajo.

—Lo sé, pero sólo tú puedes llevarlo.

Nico se rascó la cabeza contrariado. Senka era la persona más cabezota que había conocido. Algo se le tenía que ocurrir, pues de lo contrario... Barajó algunas posibilidades y solamente encontró una solución.

—Está bien —dijo—. Yo iré al poblado con el *lutarmainé* y tú harás estallar la dinamita.

—¿Yo la dinamita? Siento pavor sólo de oír ese nombre —protestó Senka.

—No hay otra salida.

Senka tragó saliva para deshacer el nudo que se le había formado en la garganta. Estaba acorralado por su amigo. Si se había negado a ir al poblado con el *lutarmainé*..., ¿cómo iba a negarse también a hacer estallar la dinamita? Lo uno iba contra sus principios, lo otro le causaba espanto.

—Elige —le apremió Nico.

—¿Y no podríamos hacer otra cosa?

—Sí, dime cuál.

—No sé. No se me ocurre nada. Reconozco que tu plan es bueno, pero... yo...

—No hay otra solución: iré al poblado con el diamante y procuraré distraerlos. Mientras, tú vas al porche, coges un cartucho y prendes la mecha. Luego echas a correr a toda velocidad y te alejas cuanto puedas. Pasada la explosión, te diriges al poblado; tendrás que empezar a ejercer como jefe, y espero que seas convincente.

A regañadientes, y ante la obstinación de Nico, Senka se vio obligado a aceptar su papel. El plan de Nico no era malo, aunque parecía absurdo recurrir a semejantes explosiones teniendo en su poder el *lutarmainé*.

Nico, sin pensárselo dos veces, salió de un salto de su escondrijo y se dirigió resuelto hacia el poblado. La emoción que sentía iba en aumento a medida que se acercaba al lugar donde sus padres se encontraban atados. A cada segundo se veía obligado a hacer ímprobos esfuerzos para que el sentimiento no le traicionase.

17

Los golpes del avestruz

—¡Nico! —gritó María al ver a su hijo.

El muchacho sintió un estremecimiento de pies a cabeza. ¡Eran sus padres! ¡Cuántos días sin verlos...! Y encontrarlos en aquel lamentable estado, atados a sendos postes como animales, le causaba un sentimiento angustioso. A duras penas conseguía retener las lágrimas que a punto estaban de desbordar sus párpados.

—¡Nico! ¡Nico! —María sollozaba e intentaba inútilmente soltar sus ataduras para correr a abrazar a su hijo.

Nico cerró los ojos. No podía ceder; su plan le exigía ser duro, insensible, ya que de su éxito dependía la vida de todos ellos. Trató de no oír los lamentos de su madre y continuó avanzando lentamente. Sabía que Pierre estaba vigilándole y que de un momento a otro saldría de alguna parte.

—Estoy bien, mamá —dijo, dirigiéndose a su madre—. No te preocupes por mí.

Daniel, que también hacía esfuerzos por soltarse, habló a su hijo.

—Vete, Nico. Este lugar es peligroso. Estamos en manos de un asesino sin escrúpulos. Vete, aléjate cuanto antes. Avisa a la policía.

—No te preocupes. He venido para salvaros.

—No seas loco, Nico —insistió Daniel—. No sé cómo has podido llegar hasta aquí, pero debes marcharte ahora mismo. ¡Corre! ¡Aléjate! ¡Corre!

—No me iré sin vosotros.

De pronto, comenzaron a aparecer los hombres de Pierre. Nico respiró profundamente y miró a su alrededor. Pierre, al que como de costumbe acompañaba Rajnuk, hacía acto de presencia. El traficante se quedó mirando a Nico y le sonrió.

—¡Vaya! Tenemos visita —dijo—. ¿Has venido solo? ¿Y tu amigo Senka?

—Muerto —respondió Nico con decisión.

—¿Muerto? —preguntó Pierre sin inmutarse.

—¿Y aún lo preguntas? —prosiguió Nico—. Tú le mataste. Una bala atravesó su pecho en la montaña Maronga. Murió a las pocas horas.

Nico observó que el rostro de Bulanda se llenaba de lágrimas. Ella estaba sufriendo al oír sus palabras. Lo lamentaba mucho, pero ¿cómo evitarlo?, ¿cómo hacerle saber que sólo se trataba de una estratagema?

Pierre se dirigió a Rajnuk en voz baja.

—No me fío —le dijo.

—Puede que sea verdad. Él lleva el *lutarmainé*. Si Senka estuviese vivo, no se hubiese desprendido de él.

—Olvidas que, cuando salieron de la gruta, ya lo llevaba el muchacho blanco.

—Sí, es raro.

Pierre meditó unos segundos.

—Que dos hombres den un batida por los alrededores —ordenó.

Pierre avanzó hacia Nico, pasó junto a los tres postes y se detuvo a mitad de camino entre Nico y los prisioneros. Sacó de la funda su pistola y comenzó a juguetear con ella.

—Suelta a mis padres y a Bulanda —le dijo Nico, procurando sacar una voz firme y sonora.

—¡Ah! Ya veo que conoces a Bulanda. Es una lástima; era la novia de Senka. Tus palabras le han causado gran dolor.

—Desátalos —insistió Nico.

—¿Por qué he de hacerte caso?

Nico pensó en una respuesta, pero no la encontró. Y aunque no lo deseaba, se agarró al *lutarmainé*.

—Tengo el diamante sagrado.

—¿Y qué?

—Posee poderes extraordinarios —añadió.

Pierre soltó una carcajada. Nico pensó en Senka; él tenía que haber bajado al poblado. Sin duda hubiese causado mayor impacto y Pierre habría tenido mayores problemas. Pero ya no valía la pena lamentarse. ¿Dónde estaría Senka? ¿Sería capaz de acercarse al porche? ¿Sería capaz de vencer el miedo que le producía la dinamita? Estaba seguro de que sí.

Pierre dio unos pasos hacia Nico.

—¡Deténte! —le gritó el muchacho—. De lo contrario...

—De lo contrario..., ¿qué?

—Utilizaré el *lutarmainé*.

De las cabañas, y a pesar de la oposición de Rajnuk y sus hombres, había comenzado a salir toda la gente de la tribu. Aquel muchacho blanco despertaba una atracción irresistible. Sabían que era un amigo que venía a salvarlos, pues de su cuello colgaba el mayor símbolo de su pueblo: el *lutarmainé*. En unos momentos se organizó un gran revuelo: los hombres, mujeres y niños se apiñaban en nutrido grupo e increpaban a Rajnuk y a sus hombres. Alguna piedra había volado por los aires haciendo blanco en el hechicero, quien hacía restallar el látigo contra el suelo sin atreverse a golpear a nadie mientras el *lutarmainé* estuviese en poder de aquel muchacho blanco.

Ante el alboroto, Pierre se volvió hacia Rajnuk, pistola en mano, e hizo un par de disparos al aire.

—¡Utilizad las armas si es preciso! —gritó.

Mientras tanto, Senka se había deslizado sigilosamente hacia el claro donde se alzaba el porche que guardaba la dinamita. Se había cerciorado bien de que no había ningún hombre de Pierre vigilando. Siempre a rastras, oyendo el alboroto que se estaba produciendo en el poblado, llegó al porche y sin incorporarse apenas entró en él. Ante sus asombrados ojos aparecieron las cajas de dinamita.

«Sólo tengo que abrir una de esas cajas, sacar un cartucho, prender la mecha y echar a correr; sobre todo echar a correr», pensaba.

Comenzó a sudar por todo el cuerpo; aquellos malditos rollos que explotaban causando un ruido ensordecedor no le hacían ninguna gracia; era un sentimiento superior a sus fuerzas. A Nico podía habérsele ocurrido otra cosa.

Haciendo un gran esfuerzo, Senka avanzó hacia una de las cajas, la abrió ayudándose de una palanca de hierro que encontró tirada y sacó un cartucho. El sudor le llegaba hasta la palma de las manos, a pesar de que se las secaba constantemente. Con extremo cuidado depositó el cartucho en el suelo y lo miró fijamente. Por fortuna para él había sacado uno de los que más larga tenía la mecha.

«¿Podré alejarme lo suficiente?», pensaba.

Ahora tenía que hacer fuego. Como hombre precavido, llevaba consigo dos palitos a los que él mismo había dado forma con su cuchillo minutos antes. Buscó con la mirada algo que pudiese arder con facilidad y vio unos cartones doblados. Troceó algunos y comenzó a friccionar los palitos sobre ellos con gran pericia. Enseguida surgió un fino hilillo de humo. Aún no era suficiente, había que friccionar más. Cuando iba a repetir la operación, sintió sobre su espalda un objeto frío y duro. Se volvió al instante y descubrió a dos hombres de Pierre que le encañonaban con sus fusiles.

—¿No me conocéis? —les dijo—. Soy Senka, el hijo de Taor, el nuevo jefe.

—Pierre es nuestro único jefe —dijo uno de los hombres, al tiempo que le empujaba.

—¡Traidores!

—Acompáñanos o te mataremos aquí.

Sin dejar de apuntarle, los dos hombres condujeron a Senka hacia el poblado. Sortearon algunas cabañas y llegaron a la gran explanada. Al verle, Nico sintió que algo se desvanecía dentro de él. Ya todo estaba perdido, no había forma de escapar. En Pierre se dibujó una sonrisa de vencedor.

—Os admiro —dijo—. Sois muy listos, pero habéis perdido.

A pesar de las circunstancias, Bulanda recobró una tierna sonrisa al comprobar que Senka seguía vivo. Los dos se reunieron junto a los postes.

—Lo intenté —dijo Senka—. Estaba dentro del porche cuando me sorprendieron por la espalda.

—Estamos perdidos.

—No digas eso. Tú tienes el *lutarmainé*. Pierre no podrá hacer nada...

—¡Calla! No sigas. He perdido el humor —le cortó Nico apesadumbrado.

—Tus palabras me ofenden.

Nico no estaba para pedir disculpas. Se encontraba abatido y la insistencia de Senka le resultaba cargante. Estaba seriamente preocupado por su suerte y la de sus padres, además de la de su amigo y Bulanda. Pierre era un asesino, podía matarlos a todos en cualquier momento y quedarse tan tranquilo.

Pero mientras se apoderaba de Nico el desánimo, a poca distancia estaba ocurriendo algo importante que iba a cambiar radicalmente los acontecimientos: los cartones que Senka había friccionado con un palo para producir fuego y que habían quedado humeando llegaron a encenderse, produciendo una llama suficiente como para que la madera de una de las cajas de dinamita se prendiese también. Los cartuchos habían empezado a calentarse de forma alarmante. El estallido era inminente.

Sin dejar de juguetear con su pistola, Pierre se acercó hacia Nico y clavó su mirada en el diamante que colgaba de su cuello.

—Dame eso —le dijo, y extendió el brazo.

Nico hizo ademán de quitárselo, pero Senka le detuvo violentamente.

—¡Quieto! ¿Qué haces?

—Voy a dárselo.

—¡Jamás!

—¿Quieres que nos mate?

—No podrá.

—Eres un cabezota —protestó Nico, y dejó caer de nuevo el diamante sobre su pecho.

—Dame eso —repitió Pierre.

—No lo haré —respondió Nico.

Los dos muchachos cruzaron una mirada. Los ojos de Senka reflejaban una inmensa satisfacción.

—Eres un valiente.

—Y tú un cabezota.

Los momentos de tensión eran vividos por todo el pueblo, que asistía al terrible espectáculo conteniendo a duras penas sus impulsos de rebelión. Los hombres de Pierre no apartaban sus fusiles de ellos.

—Está bien —dijo Pierre—, te lo arrancaré yo.

Pierre estiró su brazo hacia el diamante.

—¡No toques esa piedra! —le advirtió Senka.

—¡Ah, no! —sonrió Pierre—. ¿Me ocurrirá alguna desgracia? ¡Ja, ja, ja!

Desoyendo los consejos de Senka, Pierre cogió el *lutarmainé*. Cuando sus dedos contactaban con el diamante, una explosión tremenda hizo saltar en pedazos el porche donde se guardaba la dinamita. Las maderas volaron por los aires a gran altura, diseminándose por el contorno, y una nube de polvo lo envolvió todo en pocos segundos.

Y de pronto, Nico recordó el plan que había preparado junto a Senka. No sabía cómo, pero la explosión se había producido; por lo tanto, debía actuar rápidamente. Corrió hacia los postes y desató a Bulanda y a sus padres.

—¡Salgamos de aquí! —les gritó—. Los restos del porche están cayendo sobre nosotros.

Los cuatro corrieron hacia las cabañas, procurando salir de la explanada. Habían perdido el contacto con Senka. ¿Dónde se habría metido? ¿Recordaría él cuál era su cometido? Se refugiaron tras una cabaña, dejándose caer al suelo tras el penoso esfuerzo. Fue entonces cuando Nico se fundió en un abrazo con sus padres.

—¡Oh, Nico! —dijo María, que no podía contener la emoción.

—¡Mamá! ¡Papá!

—¿Cómo has llegado hasta aquí?

Daniel estaba sumamente intrigado por la presencia de su hijo allí, tan lejos de Madrid.

—Es una historia muy larga.

—¡Vaya! Es una respuesta de cine.

—Sí —sonrió Nico—. Durante estos últimos días a veces he tenido la sensación de estar viviendo una increíble película de aventuras.

Los tres volvieron a fundirse en un abrazo.

Poco a poco, la humareda se fue levantando y de nuevo los contornos del poblado volvieron a delimitarse. Nico se repetía una y otra vez una pregunta: «¿Qué habría hecho Senka?». Su impaciencia pronto se vio saciada.

Cuando volvió la calma al poblado, Nico pudo ver a su amigo a la cabeza de todo su pueblo, que se había congregado en torno a él. Su actitud era inequívoca: había asumido por fin su cometido como jefe supremo de la tribu y estaba resuelto a acabar con la tiranía del usurpador Pierre.

El traficante y el hechicero, junto con los traidores, permanecían a poca distancia, armados y amedrentados. Sólo Pierre conservaba cierta arrogancia.

—¡Rendíos! —gritó el traficante.

—¡Jamás! —le replicó Senka—. Mi pueblo no volverá a ser sometido.

—¡Puedo acabar con todos vosotros!

Nico, pensando que su amigo iba a necesitar ayuda, atravesó corriendo la gran explanada y se unió a él. Daniel, María y Bulanda le siguieron. Al ver el *lutarmainé* se produjo un murmullo de asombro. Los hombres de Pierre comenzaron a sentir miedo y las amenazas de Rajnuk no consiguieron detenerlos. Arrojaron sus fusiles sin dar tiempo a reaccionar al hechicero y echaron a correr a toda velocidad, como si hubiesen visto al mismísimo diablo. Y es que, sin duda alguna, temían el poder de aquella piedra mágica, a la que achacaban la explosión de dinamita.

—¡Deteneos! —les gritó Pierre—. ¡Malditos! ¡Volved inmediatamente!

Pero, aunque sacó su pistola e hizo algunos disparos, no consiguió detenerlos.

—¡Estás perdido! —dijo Senka avanzando.

—Si das un paso más, te mato —Pierre apuntó a Senka con su pistola.

Rajnuk se agachó y recogió del suelo uno de los fusiles. También apuntó a Senka. La tensión aumentó en todos los presentes. ¿Sería Pierre capaz de disparar contra el nuevo jefe de la tribu? Nico sabía que sí; por eso avanzó hacia su amigo y le sujetó de un brazo.

—¡Quieto! ¿Qué vas a hacer?

—Que dispare si quiere. Está perdido y lo sabe. Puede matarme, pero mi pueblo acabará con él.

—Tu pueblo te necesita vivo —añadió Nico.

Pierre contemplaba a los muchachos sin poder evitar un nerviosismo creciente. Él sabía de sobra que la situación era muy comprometida, pero, no obstante, mantenía su arrogancia en un intento de asustar a los nativos, que aún recordaban sus horribles crímenes.

Nico avanzó hacia Pierre.

—Te propongo un trato —le dijo.

—¿Un trato?

—Yo te doy el diamante y tú te marchas inmediatamente de aquí y no regresas jamás.

Pierre no pudo evitar una sonrisa de satisfacción. Lo que le proponía aquel muchacho no estaba nada mal. No sólo podría salir del poblado, sino que también se quedaría con el *lutarmainé,* el diamante más puro que había visto en su vida. Sin duda, su precio en los mercados europeos o americanos sería desorbitante.

—Acepto —dijo.

—No puedes hacer eso, Nico —intervino Senka.

—Lo haré; no quiero que te mate.

—Prefiero morir mil veces antes que él toque el *lutarmainé.*

—No digas tonterías.

—Nunca he hablado tan en serio.

—Pues no pienso hacerte caso.

—Si le entregas el *lutarmainé*, dejaremos de ser amigos. Mi pueblo y yo te odiaremos.

—Me da igual.

Senka se quedó perplejo por las palabras de Nico. ¿Qué le había pasado? ¿Tanto había cambiado en sólo unos minutos? ¿Acaso el hecho de haber recobrado a sus padres le hacía olvidarse de él? Eran preguntas que se agolpaban en la mente de Senka.

—Eres egoísta, Nico —le dijo—. Como has encontrado a tus padres, te olvidas de todo lo demás.

—Así es —respondió Nico.

Dio unos pasos hacia Pierre y se quitó la cadena de oro de la que colgaba el *lutarmainé*. Se lo ofreció al traficante. Con los rayos del sol la piedra emitía un fulgor impresionante.

—Desde este mismo momento te desprecio —dijo Senka.

Sonriente, Pierre alargó la mano hacia el diamante. Sus ojos habían adquirido un brillo especial al ver tan de cerca la codiciada piedra preciosa.

En el instante en que Pierre abría los dedos de su mano para coger el *lutarmainé,* Nico se revolvió con una velocidad increíble, arrojó el diamante hacia Senka y al completar el giro descargó una tremenda patada en el brazo de Pierre, haciéndole soltar la pistola. Luego empujó a Rajnuk, que cayó aparatosamente de espaldas. Pierre se arrojó al suelo intentando recuperar la pistola, pero el pie de Nico fue más rápido y de una patada alejó el arma.

—Tendrás que luchar con tus manos —le dijo Nico.

—Te destrozaré, muchacho —le amenazó Pierre lleno de cólera—. Te arrepentirás de lo que has hecho.

Con el *lutarmainé* entre las manos, Senka cambió súbitamente de sentimientos. Su amigo Nico no le había defraudado, todo lo había fingido para desarmar a Pierre. Había sido injusto con él, tendría que pedirle perdón por su desconfianza.

—¡Dale fuerte! —le gritó.

Nico cruzó una rápida mirada con su amigo y le sonrió.

—¡Haré lo que pueda!

Daniel, al ver a su hijo en semejante situación, quiso intervenir; pero Senka le detuvo.

—No se preocupe, señor —le dijo—. Su hijo le vencerá sin problemas. Empleará los golpes del avestruz.

—¿Golpes del avestruz? ¿Qué es eso? —preguntó extrañado Daniel.

—Ya lo verá.

En efecto, Pierre y Nico estaban a punto de iniciar una desigual pelea, ya que la envergadura del traficante era muy superior. Mientras, los nativos habían atrapado a Rajnuk, le ataban de pies y manos y le obsequiaban con toda clase de insultos y algún golpe, a pesar de que Senka había ordenado que nadie se tomase la justicia por su mano.

A las primeras de cambio, Pierre lanzó un terrible puñetazo. Nico retrocedió de un salto y lo esquivó sin complicaciones. El traficante volvió a repetir el golpe varias veces, pero no consiguió ni rozar al muchacho. Su agilidad era extraordinaria. Daniel observaba orgulloso a su hijo, comprobando que las clases de kárate habían servido para mucho.

Enseguida, Nico se dio cuenta de que tenía a Pierre a su merced, y no estaba dispuesto a darle oportunidades. Dio un salto tremendo y le descargó una patada en pleno rostro, haciéndole rodar por el suelo. Podía ensañarse con él, golpearle una y otra vez con rabia, hacerle sufrir, matarle incluso... Pero no, él no era así. Pierre era un asesino y debería ser juzgado por sus crímenes. Pensó que hasta el más miserable de los hombres tiene derecho a un juicio justo.

Por eso dejó que atasen también a Pierre y le encerrasen junto a Rajnuk en la misma jaula que el hechicero había utilizado para retener a Daniel y a María. Sería entregado a las autoridades y juzgado por sus delitos, que eran muchos, ya que la policía de varios países le reclamaba.

Nico se acercó a Senka. Los dos amigos se miraron unos segundos en silencio.

Nico sintió cómo su mirada era atraída por el *lutarmainé,* que ya colgaba del cuello de Senka. Desprendía un brillo impresionante e irradiaba algo que no sabía explicar, algo misterioso y profundo. De pronto le pareció que aquel diamante, que Senka consideraba sagrado, poseía vida propia.

Senka hizo ademán de quitárselo, pero la mano de Nico se lo impidió con firmeza.

—¡No te lo quites!

—Es tuyo... —insistió Senka.

—No —le cortó Nico con resolución—. Ese diamante sólo podrá pertenecer a tu pueblo. Forma parte de vuestra cultura y leyenda. Yo no me llevaré el *lutarmainé.*

Senka estaba realmente emocionado; sólo pudo decir:

—Eres el más valiente y el más generoso de los hombres. Por eso conseguiste el *lutarmainé,* por eso no titubeaste en la gruta Monga-tanga.

Los dos amigos se miraron un largo rato, luego se sonrieron y finalmente se fundieron en un fuerte abrazo.

—Siempre seremos amigos.

—Siempre.

EPÍLOGO

En la cabina del reactor que realizaba el vuelo Malabo-Madrid, junto a sus padres y al piloto, su amigo el comandante Álvarez, Nico se complacía recordando los últimos momentos vividos en compañía de Senka, a quien jamás podría olvidar, en la selva guineana. Recordaba la gran fiesta que habían organizado para despedirle y las innumerables pruebas de amistad recibidas. Ahora todo parecía un sueño.

Un objeto aparecía constantemente en algún recoveco de su imaginación, un objeto pequeño y brillante: el *lutarmainé*.

Parecía haberse anclado en su memoria y casi podía percibir ese extraño magnetismo.

«Es como si tuviese vida», pensó. Y al momento se sorprendió de sus propios pensamientos. ¿Sería posible? Él, que había acusado a Senka de supersticioso, ahora reconocía que ese diamante poseía algo especial. No, no era posible. Hizo esfuerzos para apartar aquella idea de su cabeza. Pensó en Madrid, en su barrio, en su colegio, en Marga... ¿Qué habría hecho durante este tiempo? ¿Se habría olvidado de él? Le hubiese gustado que Senka conociese a Marga; quizá Bulanda y ella se hubiesen hecho buenas amigas, aunque eran tan distintas...

¿Y por qué no? Pensándolo bien, él también era muy distinto de Senka, lo cual no había impedido su amistad.

¡La de cosas que tenía que contar a sus amigos!

¡El *lutarmainé*!... No podía apartarlo de su mente. En la gruta Monga-tanga sintió un escalofrío al ponérselo por primera vez; además, lo de los cartuchos de dinamita era raro, resultaba muy difícil que una bala hiciese blanco en los cartuchos que él había dejado sobre una roca. ¿Fue una casualidad? ¿Y lo del porche? Si Senka no tuvo tiempo de encender un cartucho, ¿cómo es que estalló la dinamita? ¿Y si fuese verdad que el diamante era mágico?

—¿En qué piensas? —le preguntó María.

—En nada, mamá.

—¿Seguro?

—Bueno, pensaba en muchas cosas a la vez.

Madre e hijo sonrieron.

Nico respiró profundamente y se relajó. Sabía que nunca iba a poder olvidar todo lo que acababa de vivir en un rincón de la selva africana.

SI QUIERES SABER MÁS SOBRE ESTE TEMA,
NO TE PIERDAS LA INFORMACIÓN
QUE APARECE EN:

www.grupoeditorialluisvives.es/dossier

ÍNDICE